乱流

古河公方家の落日

北見輝平

さきたま出版会

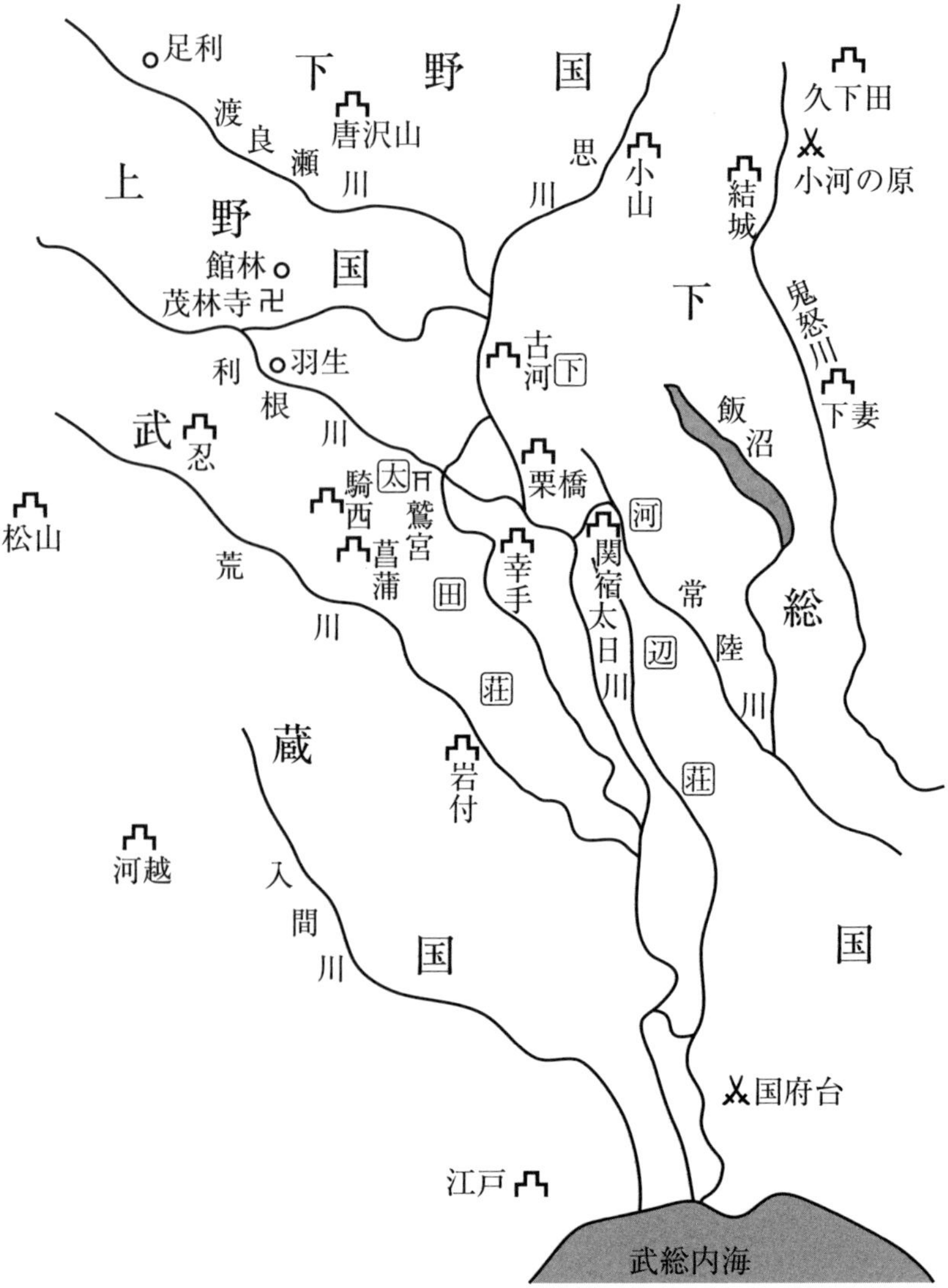

足利
下野国
唐沢山
渡良瀬川
思川
小山
久下田
小河の原
結城
上野国
館林
茂林寺
羽生
利根川
古河
下
鬼怒川
下妻
飯沼
武蔵国
忍
松山
騎西
太田荘
鷲宮
菖蒲
栗橋
幸手
関宿
下河辺荘
常陸川
太日川
荒川
岩付
河越
入間川
下総国
国府台
江戸
武総内海

◆主な登場人物

簗田《やなだ》晴助 下総関宿《しもうさせきやど》城主。古河《こが》公方《くぼう》家奉公衆《ほうこうしゅう》の筆頭格。

簗田源五 晴助の嫡男。元服して持助を名のる。

小七 関宿で船頭を営む一家の主。

流治 小七の長男。簗田源五と親交を持つ。

足利晴氏《あしかがはるうじ》 四代古河公方。北条氏の圧力に屈す。

足利藤氏 晴氏の嫡男。五代目を継ぐが、のちに廃され里見氏を頼る。

足利　茜《あかね》 古河公方家の姫君。藤氏らと共に里見氏へ。

足利義氏 五代古河公方。晴氏と北条氏からきた嫁との子。

結城晴朝《ゆうきはるとも》 下総結城城主。幾代にもわたり古河公方を支える。

水谷《みずのや》政村 晴朝の参謀。重瞳《ちょうどう》の目をもつすぐれた武将。

里見義堯《よしたか》 北条氏と対立する房総の雄。足利一門としての自負が強い。

里見義弘 義堯の嫡男。古河公方家の姫・茜に恋心をいだく。

太田康資《やすすけ》 北条氏江戸衆重臣。太田道灌《どうかん》の曾孫で怪力の大男。

太田三楽斎《さんらくさい》 武蔵岩付《いわつき》城主。道灌ゆずりの策略をめぐらす知将。

序章　囚われの城

眼下を大きな川がゆったりと流れ、一艘の舟が下っていく。この川をさかのぼれば、長く住み慣れた古河城までは二里（約八キロメートル）ほどの距離でしかない。舟なら半日もかからない。だが、行くことはかなわなかった。なぜなら、四代古河公方足利晴氏《こがくぼうあしかがはるうじ》は囚われの身だったからである。

晴氏は栗橋城の土塁に上って、下を流れる太日川を眺めていた。時間は川の流れと同じく緩慢に過ぎていくばかりだ。幽閉の身では何もすることがなかった。

河原に繁茂した葦もすっかり枯れて、荒涼とした風景が広がっていた。時おり、北からの冷たい風が枯れた葦をゆらし、ざわざわとした音をたてながら吹き渡っていく。

「あれが先の公方様じゃ、かつては権勢を誇っていたが……」「今は見る影もない囚われの身じゃ」「ほんに、おいたわしいことで……」

そんなふうに葦たちがささやき合っているように、足利晴氏には聞こえた。折烏帽子《おりえぼし》にねずみ色の直垂《ひたたれ》という地味な衣装が、憂いを含んだ切れ長の目とともに、寂しそうな印象を与えていた。形のいい鼻が特徴のふくよかな顔は気品を漂わせてはいるが、武人らしい精悍さは感じられなかった。

今から四年前の弘治元年（一五五五）、足利晴氏は北条氏に反旗をひるがえし、古河城に立てこもったが捕らえられ、相模国波多野（現・神奈川県秦野市）に幽閉された。といっても行動は割と自由で、晴氏は幽閉中に寺領を寄進したりしている。その後、許されて関宿《せきやど》を経て古河城へもどっていた。だが、今度は謀反人として再び捕らえられ、栗橋城の野田弘朝《ひろとも》に預けられた。完全に自由を奪われたのだ。

このところ関東では、かつて隆盛を誇っていた上杉氏の退潮が著しく、天文十五年（一五四六）の河越夜戦で北条氏に惨敗を喫したのがもとで、山内《やまのうち》上杉憲政《のりまさ》は越後に逃れた。当主の朝定が戦死した扇谷《おうぎがやつ》上杉氏は滅亡した。上杉に味方した足利晴氏は、北条氏から背信行為をとがめられて窮地に陥った。諸侯の間でも、結城《ゆうき》氏は相変わらず古河公方に忠誠を誓っていたが、岩付《いわつき》太田氏、忍城《おしじょう》の成田氏は北条方へ鞍替えしていた。

初代古河公方足利成氏《しげうじ》が、関東管領《かんれい》上杉氏との度重なる戦いの末に、室町幕府との和睦を成し遂げ、二代政氏、三代高基と、関東における覇権を守り続けてきた。だが、四代晴氏の代になって台頭してきた北条氏の圧力に屈し、北条氏から嫁を取らなければならなくなった。晴氏は、何とか北条氏の影響下から脱しようといろいろと試みたものの力及ばず、ついに家督を北条氏の娘の子である義氏《よしうじ》にゆずらされてしまった。これにより北条氏は古河公方の外戚になった。

弘治二年（一五五六）、北条氏康はさっそく古河公方の権威を利用する機会を得た。北条氏康は常陸《ひたち》小田氏に目をつけた。小田氏は佐竹氏と結城氏との間で孤立しつつあった。もともと小田氏と敵対していた結城氏を支援して、北条氏康は小田氏攻略をねらったのである。

四月、結城政勝のもとに、氏康からの加勢として江戸城の遠山綱景《つなかげ》や岩付城の太田三楽斎《さんらくさい》など千二百騎が着陣。他にも古河公方方の壬生《みぶ》、佐野、茂呂氏なども加わった。海老ケ島の合戦といわれたこの戦いで、結城軍は小田軍を圧倒。小田氏治《うじはる》を土浦城へ敗走させた。

北条氏は古河公方足利義氏を前面に立てることで、結城氏などの下総《しもうさ》・常陸・下野《しもつけ》の諸侯を動かすことができるという成果を収めた。

一方で、北条氏と距離をおいて自立をめざそうとする勢力も現れた。その筆頭が常陸の佐竹氏である。佐竹氏は下野に兵を送り、壬生氏が占拠していた宇都宮城への宇都宮伊勢寿丸の復帰を実現させた。これにより佐竹氏は宇都宮氏との強固な関係を築くことができた。


世の中が激しく動いている中で、晴氏はかやの外に置かれていた。

日も西に傾きかけて、川から吹いてくる風も冷たくなってきた。晴氏は重ね着した小袖の襟をかき合わせた。

「大上様《おおうえさま》、お体にさわりまするぞ」

その声に後ろを振り向いた晴氏の顔に嫌悪の色が浮かんだ。

「弘朝、おまえか」

野田弘朝は、折烏帽子の下の長い顔をうつむけたまま、片ひざついてひざまずいていた。

「まこと、ご苦労のものよの。一日中、わしを見張っているというのは……。他にやることはないのか」

晴氏は野田弘朝を見れば、皮肉を言わずにはいられない。それもそのはず、北条氏の命を受けて晴氏を捕らえたのは野田弘朝その人だったのだ。

野田弘朝はうつむけていた顔を上げたが、目にはまるで生気がなく、口からはいまだ言葉は出てこなかった。

「ところで弘朝、わしを捕らえて、北条から領地をもらったらしいの。どのくらいもらったのだ？　七ヶ村か、それとも十ヶ村か」

晴氏は言葉にするのもけがらわしいといった風情で口元をゆがめる。

「はて、何のことでござりましょう」

弘朝は晴氏の顔を見たが、その視線はどこを見ているかわからないかのように焦点が合っていなかった。

「とぼけるでない。おぬしは欲に目がくらんで北条の手先となったのであろう」

「大上様、そのようなことは決してござりませぬ」

古河公方家奉公衆《ほうこうしゅう》の中でも町野、二階堂、一色氏のようにいまだ忠実に仕えている者もあれば、野田弘朝や豊前氏のようにいち早く北条氏の命に従う者も現れていた。さらに、簗田氏《やなだ》のように古河公方のもとを離れて、地域権力としての道を歩もうとしている者もいた。また、五代古河公方義氏のもとには、北条の息のかかった者たちが送り込まれてきていた。

「まあ、よい。済んだことだ」

晴氏はぽつりと言った。冷たい風に当たっていたためか、晴氏は身ぶるいすると屋敷の方へとゆっくりと歩んでいった。野田弘朝は立ち上がると、影のように晴氏の後からついていった。

ゆるやかに流れる川を舟は下っていく。川幅は広く三十間（約五十四メートル）もあるだろうか。船頭の小七は舟の舳先《へさき》に立って、時おり舟の進行方向を微調整するために棹《さお》を川底に差すだけで、他にやることは何もない。舟の後方で舵《かじ》をこいでいるのは相棒の飛助だ。全長十間（約十八メートル）ほどもある高瀬舟は荷を積んでいない。関宿から古河へ、尾張の瀬戸や常滑《とこなめ》から来た陶器を運んだ帰り舟であった。

舟の真ん中辺には、八歳ぐらいの男の子がちょこんとすわっている。船頭の小七の息子の流治である。

「さっき栗橋のお城から川を見ていたのは誰だろう？」

「さあね、立派な身なりのお方だったから、もしかしたら大上様かもしれねえな」

大上様とは足利晴氏のことである。

「大上様って偉いの？」

「そらあ、昔は偉かったさ。でも今じゃ、すっかり落ちぶれちまったって話だ」

「ふうん、かわいそうだね」

流治は、それきり口をつぐんでしまった。

秋の日暮れは早い。日輪は西の空を赤く染めて、姿を隠そうとしていた。川は弱くなった光を集めて白く輝いていた。

舟が関宿に近づくにつれて、あたりは薄暗くなった。

太日川から川幅が六間（約十メートル）にも満たない逆川に入ると、船頭の小七の顔はひきしまったものになる。逆川は水深が浅い。下手をすると船底をすってしまうので、細心の注意を要するのだ。

やがて関宿の関所のありかを示すかがり火が見えてきた。小七は十数艘の舟がもやっている舟溜まりを右手に見ながら、その先にある関所の船着場に舟をつけた。

役人が船番所から出てきて、小七に声をかける。

「小七、ご苦労。日が落ちるのが早いから、気が抜けぬな」

「高野様、お気づかい痛みいります」

小七は舟から下りると、懐から船荷証文を取り出し役人に手渡した。小七の舟は関宿に所属しているので、関銭《せきせん》は月末にまとめて払うことになっている。関銭とは関所を通るときに支払う通行料のことである。他の湊の舟は通行のたびごとに、その都度支払うことになっていた。ちなみに米百俵の運搬に対し、米四俵あまりかかった。

集められた関銭は、初代古河公方の足利成氏の時代から関宿城主であった簗田氏の懐に入ることになっていた。だが、昨年、簗田氏は古河城へ移され、関宿には五代古河公方の足利義氏が移座した。その際、義氏は簗田晴助に対し、「舟役」はこれまで通りとする安堵状を発給している。それを条件に簗田氏は古河城への移動をすんなりと受け入れたのである。

簗田氏はいまでも古河公方の奉公衆として筆頭格であった。奉公衆というのは古河公方直属軍の武官で、初代成氏の時代から連綿と受け継がれてきた地位であったが、それを支えてきたのは関宿を通る舟から徴収した関銭であった。関宿は海から常陸川をさかのぼってくる舟の航路と、関東内陸部と武総の内海（現・東京湾）の沿岸の江戸をはじめとする都市を結ぶ舟運が交わる重要拠点であった。富は権力の象徴ともいわれる通り、簗田氏の場合も例外ではなかった。簗田氏はめきめきと力を蓄え、次第に古河公方の重臣という立場をこえて、ひとつの地域権力として自立しつつあった。

その潤沢な富の生まれる関宿を虎視眈々と狙う者があった。小田原を拠点にじわじわと関東制覇をもくろむ北条氏である。まず手始めに北条氏綱の娘を四代古河公方の晴氏に嫁がせた。晴氏はいったん義氏の異母兄の藤氏に家督を継がせたが、北条氏の圧力に屈し藤氏を追放し、北条氏の娘の子である義氏に家督をゆずらざるを得なくなった。そして、晴氏自らも幽閉されてしまう。北条氏は公方義氏を通じて、古河公方奉公衆や結城、小山《おやま》氏といった古河公方派の支配をすすめようとしたのだ。いくら勢力が増しているとはいっても、所詮は新参者の北条氏の命令を関東の古くからの領主たちが聞くわけはなかった。それで北条氏は古河公方の権威を利用しようと考えたのだ。簗田氏の古河城への移動も、その一環として実行に移されたと思われる。

船頭の小七は舟にもどると、相棒の飛助に声をかけた。

「やれやれ、今日はこれでしまいだ。明日は荷がねえから、ゆっくり休みねえ」

「おお、久しぶりに境河岸《さかいがし》へでも行ってみるべえ」

「あんまり羽目をはずすなよ。おやおや、流治のやつ、すっかり眠りこけてらあ」

流治は舟の真ん中で大の字になって、よだれをたらして寝ていた。

夜になって風が出てきたようだ。夜空には星がいくつかまたたいていた。

四代古河公方であった足利晴氏は、永禄三年（一五六〇）五月二十七日に、栗橋城にて失意のうちに死去した。すでに前年の九月には病に伏せっていたらしく、五代義氏が常陸千妙寺に病気快癒の祈祷の件で謝意を示している。

これにより北条氏は古河公方の権威を自在に利用することができるようになり、関東制覇は時間の問題かと思われた。しかし、越後からの大きな力が関東に及んでくる気配があり、関東諸氏の間にも急速に力をつけつつある勢力があるなど、混沌として先の見えない状況になっていた。

第一章　鳴動

1

空を見上げれば、雨が顔に降りかかる。里見義堯《よしたか》はしばらく雨に打たれるにまかせていた。そうしていれば、頭の中からわずらわしい想いを締め出すことができた。だが、邪念を遠ざけることができたのはほんのわずかな間だけで、すぐに現実の厳しい状況が頭の中いっぱいに広がった。

里見義堯は、雨にぬれた顔を両手のひらでぬぐうと大きくひとつ息をはいた。甲冑《かっちゅう》は身につけているが、かぶとはかぶっておらず折烏帽子をかぶっている。角張った顔に目や口が中央に集まったような表情には苦悩がにじみ出ていた。

里見義堯の本拠地である上総《かずさ》の久留里《くるり》城（現・千葉県君津市）は典型的な山城で、武総の内海（現・東京湾）に面した木更津から東南に五里（約二十キロメートル）ほど山あいに入ったところにあった。

〝雨城《うじょう》〟と呼ばれ、もともと雨の多い久留里城であったが、ちょうど梅雨の季節でもあり、このところ雨の日が続いていた。

約十五年前、里見義堯は上総を支配していた武田氏の内乱に乗じて、西上総の拠点である佐貫城（現・同富津市）、久留里城を手に入れた。さらに、東上総では里見氏配下の正木時茂が小田喜城（現・同大多喜町）を奪取し、勢力を広げつつあった。また、里見氏と対決姿勢を強める北条氏は、安房《あわ》・上総の国境近くにある金谷城（現・同富津市）を攻略し、西上総進出への足がかりをつかんだ。

義堯は、本曲輪《くるわ》からすこし下ったところの眺望の開けた小さな曲輪まで足を運んだ。眼下には小高い山々に囲まれた平地が広がり、夕げの支度の白い煙がいくつか昇っている。遠くに見えるはずの山々は雨に煙って見えない。夕げの支度をしているのは北条の兵たちだ。久留里城は数年前から北条氏との戦いの場となり、幾度となく北条氏に包囲された。その都度、里見軍は北条軍を退けたのだが、今回は噂によると二万とも言われる大軍相手では撃退するのは至難の業と思われた。

長期間の籠城を支えているのは豊富な水だ。久留里城は山城にしては水に恵まれていた。本曲輪から二ノ曲輪へと下る坂の途中に〝男の井戸女の井戸〟と呼ばれる長さ一間（約一・八メートル）ばかりの二つの小さな池があり、一年を通して水が枯れることがない。二つの池は細い流れでつながっていた。

水は豊富でも兵糧はあとわずかしかない。米をすこしでももたせるため、そこらに生えている草や、時おり姿を現す獣や鳥などを食べるようにしていた。最近では動物の方でも警戒したのか、獣や鳥も寄りつかなくなった。

義堯の脳裏に浮かんだのは、かつての盟友である武田氏の末路だった。天文七年（一五三八）に起こった第一次国府台《こうのだい》合戦は、古河公方から分かれた小弓《おゆみ》公方足利義明と古河公方足利晴氏との戦いであったが、小弓方は義明と嫡子義純、弟の基頼が戦死。里見義堯は義明の子頼淳を庇護した。その後、小弓公方を擁立した真里谷《まりがやつ》武田氏では内紛が激しさを増し、対立していた信隆と信応が相次いで死去すると、上総は里見氏と北条氏の草刈り場となった。約百年前、初代古河公方足利成氏によって、里見氏ともども房総の地に送り込まれ、上総を平定した真里谷武田氏の昔日の面影はなかった。

そして、国府台合戦から二十二年が経過した永禄三年（一五六〇）、里見氏自らが存亡の危機にさらされていた。ひと月ほど前に西の方では、桶狭間の戦いで今川義元が織田信長に敗北を喫していた。

里見義堯は、眼下の景色に背を向けると、本曲輪への坂をゆっくりと上っていった。

重臣たちのいる常御殿にもどると、義堯は甲冑を脱ぎ、ぬれた着物を着替え、裏付きの普段着である袷《あわせ》姿になった。広間に入り上座につくと、嫡男の義弘、重臣の冬木丹波守《たんばのかみ》と天羽《あまは》左衛門だけを呼んだ。

ほどなく三人がそろうと、義堯は悲痛な表情で語り始めた。

「こたびばかりは北条勢を蹴散らすのはむずかしかろう。まさに里見家存亡の危機じゃ」

義堯はここで言葉を切って三人の顔を見回した。三人は何も言わず下を向いたままだった。

義堯は続けた。

「里見家は代々古河公方家の副帥《ふくすい》として忠勤に励んできた。結城合戦で我らが家基公は自害して果てたが、我らはそういう訳にはいかぬ。何としても里見家を存続させていかねばならぬ。足利一門に連なる名門の誇りはあるが、いっときそれを捨てて越後の長尾景虎《かげとら》殿に援軍を求めるしか策はあるまい」

結城合戦は百二十年前、結城氏朝が四代鎌倉公方の遺児を擁して結城城（現・茨城県結城市）で幕府・関東管領方と戦ったもので、公方方の武将の多くが戦死した。

嫡男の義弘が顔を上げて、困惑の表情を浮かべた。

「ですが、どうやって文《ふみ》を届けるのですか？　四方八方、城は幾重にも北条の兵に包囲されておりまする。どんなに足の速い者でも、この囲みをかいくぐるのは不可能と思われまする」

「そこでじゃ、ここは〝八犬士《はっけんし》〟の出番というわけじゃ」

「あッ、なるほど」

三人は顔を見合わせて笑顔になった。久々に聞く笑い声が、障子の外の縁《えん》にまで響いた。事情を知らない城中の者が聞いたならば、ついにお館《やかた》と重臣たちは絶望のあまり乱心したと思ったことであろう。

八犬士というのは、里見義堯が飼っている八匹の犬のことで、もしもの場合の連絡役として調練されていた。主に小田喜城の正木時茂との間で密書のやりとりをするのを想定し、犬たちを何度も往復させていた。小田喜城は久留里城から東に四里（約十六キロメートル）の距離にあったが、ほとんどが山の中の道であった。人間ならば半日かかるところを犬は一時（約二時間）で駆け抜けた。

八犬士の名前は関東八屋形からとっていた。関東八屋形というのは、守護と対等とされる古くからの名家を指す言葉である。下総の千葉、結城、下野の小山、那須、宇都宮、佐野、常陸の佐竹、小田がそれに当たっていた。小山から「ヤマ助」、那須から「ナス兵」、宇都宮なら「宮」、佐竹は「タケ丸」といったように犬に名前を付けたのであるが、これには里見家が八屋形に入っていないというやっかみも混じっているようである。

もともと犬を連絡役に使う方法を考え出したのは、岩付（現・さいたま市岩槻区）の太田三楽斎であった。太田道灌《どうかん》の血を引いているためか、三楽斎は当代まれに見る策士であった。ここ何年か、里見氏は太田三楽斎と急接近しており、犬の飼育も三楽斎から伝授されたものであった。

里見義堯は私室にこもると、さっそく正木時茂への密書をしたためた。義堯は密書を文机《ふづくえ》の上に置いたまま、腕を組んで瞑想した。しばらくそのままの姿勢でいたが、やがて目を見開くと、改めて冬木丹波守を呼んだ。

冬木丹波守がかたわらに来ると、義尭は密書を手渡した。だが、不可解なことに密書は白紙である。冬木丹波守も密書をチラリと見ただけで、何事もなかったように折り畳んで懐にしまった。

「お館さま、犬はどれにすればよろしいでしょうな」

義尭はすこし考えるように、あごに手をやった。

「そうさな、白い『宮』は夜目に目立つのでダメだろうな。あまり多くても敵に気づかれやすいだろうし、一匹では心もとなかろう。茶色の『タケ丸』と黒の『ヤマ助』の二匹がよかろう」

「ははッ、心得ましてござります。では、さっそく用意をいたしまする」

冬木はそう言って一礼すると部屋を出ていった。

日が落ちて外はすでに暗くなっている。冬木は三ノ曲輪にある犬小屋に向かい、犬闘士《けんとうし》と呼ばれ犬の管理を任されている佐藤兵馬に密書を小田喜城の正木時茂に届けるよう指示した。

佐藤兵馬は犬小屋の入口を開けると、タケ丸とヤマ助を外に出した。他の犬たちは外に出たがってしきりに吠え立てたが、兵馬が「静まれ！」と一喝すると、あきらめたようにおとなしくなった。

兵馬は短く切った竹筒に密書を入れると、犬の首にしっかりと結びつけた。兵馬は「よし、行け！」と一声かけて、犬の背をポンとたたいた。二匹の犬は勇んで走り出し、すぐに夜の闇の中に消えていった。

「こう雨ばかりだと嫌になるのお」

久留里城を取り巻いている北条の兵たちの間からは、愚痴めいた言葉がしきりに聞かれていた。

夜になって大きな木の幹に寄りかかって眠りこける兵の姿も目立ってきた。見張り役の兵だけが交代で寝ずの番に立ち、眠気を催さないように足踏みをしている。至るところにかがり火をたいてはいるが、雨がかかるためにくすぶり気味で、あたりを明るく照らすほどにはならなかった。

その時、草をかきわける音が聞こえてきて、山の斜面を何かが下りてくる気配がした。それに気づいた見張りの兵が、かたわらに寝ている兵の肩をゆすぶった。

「おい、起きろ。何か、来るぞ」

「なに、夜討ちか」

起こされた兵は眠い目をこすりながら立ち上がった。音はどんどん近づいてくる。二人の兵は中腰になって槍をかまえた。

ふいに草むらから何かが飛び出してきて、二人の間をすり抜けていった。槍を突き出すいとまもないほど素早い動きだった。

兵はあっけにとられて何者かが去った方角を振り返った。

「山犬か」

「まあ、人ではないのは確かだが……」

そう二人が言葉を交わしている間に、もう一匹が同じように走り去っていった。

「やっぱり、山犬だ」

「首に何か下げていたようだが……」

「馬鹿な、見間違いだろう」

「そうさな、敵でなくてよかったよ。さあて、もうひと眠りさせてもらうか」

そう言って兵はあくびをして、木の幹に寄りかかってすぐに眠りについた。


それから一時（約二時間）ほど経ったころ、小田喜城では正木時茂が寝所《しんじょ》の床《とこ》についたものの眠れぬ夜を過ごしていた。どうも胸騒ぎがしてならない。久留里城は大丈夫だろうか。今夜にでも落城しはしないかと気が気ではなかった。すぐにでも駆けつけたいところだが、そうもいかなかった。北条氏の支援を受けた長南武田氏や土気《とけ》酒井氏などがすきをうかがっているからである。久留里城からはここ一ヶ月ばかり何の音沙汰もない。正木時茂は何度か久留里城に物見の者を行かせたが、その都度受ける報告は「北条勢に幾重にも包囲されている」というものばかりであった。北条勢が包囲しているということは、いまだ城は落ちていないという証ではあったが、何とも心もとなく思われた。

寝る前には降っていた雨は今はもう止んでいるようだ。静まりかえった屋敷に雨音は聞こえてこなかった。ここ半年ばかり正木時茂は嫌な夢を見て夜中にはっとして目が覚めることはあっても、眠れぬということはまずなかった。齢《よわい》五十に近くなり体力が衰えたとみえ、一日が終わるとぐったりとして倒れ込むように床につくようになっていた。

その時、家来たちのいる詰所とつながっている渡り廊下を誰かが歩いてくる音がした。やがて足音は主殿《しゅでん》の縁を近づいてきて、時茂が寝ている部屋の前で止まった。

こんな夜更けに何事かと時茂が寝床から起き上がると同時に、障子の外で家来の声がした。

「夜分に失礼つかまつりまする」

「うむ、起きておる」

「申し上げます。ただいま密書が届きましてござりまする」

「誰からだ？」

時茂は嫌な予感がした。

「それが……、妙な密書でして」

障子の外の家来は言いよどみ、まるで要領を得ない。

「かまわぬ。中に入れ」

時茂は寝床の上にあぐらをかいた。寝巻用の白い着物のままである。

「はッ」

障子が開いて、二人の家来が入ってきた。一人が持っていた手燭から燭台のろうそくに火を移した。とたんに部屋はぼおっとした明るさにつつまれた。

もう一人の家来が腰をかがめて時茂に近づき、両手で密書を時茂に差し出した。

時茂は密書を受け取りながら家来にたずねた。

「密書を持ってきた者は何も言わなかったのか」

家来はためらいがちに口を開いた。

「……持ってきたのは、犬でございました」

障子の近くに控えていたもう一人の家来が付け加えて言った。

「といいますか、犬の首に竹の筒が結びつけてあり……」

「わかった、もうよい」

正木時茂は「犬」と聞いて誰からの密書であるかピンときたらしく、おもむろに密書を開いた。広げた密書は白紙だったが、あらかじめわかっていたようで時茂の表情は変わらなかった。時茂は家来にたらい桶に水を入れて持ってくるように指示し、もう一人の家来には嫡男の信茂と養子の憲時を呼ぶように命じた。

ほどなく家来が水を入れたたらい桶を持ってきた。板の間に置いたたらい桶の水に時茂が密書をひたすと、みるみるうちに白紙だった密書に文字が浮かび上がった。時茂は密書を注意深く水から取り出し、広げた手ぬぐいの上に置いた。

密書は里見義堯からのもので、越後の長尾景虎に援軍を要請するよう正木時茂に依頼する内容であった。

そうこうしているうちに嫡男の信茂と養子の憲時が姿を現し、時茂の前にすわり一礼した。信茂は〝槍大膳〟と恐れられた時茂の血を引いているだけあって、力の強い剛の者であった。二十歳という血気盛んな年頃で、目鼻立ちのはっきりした四角い顔をしていた。それに対し、養子の憲時はおっとりした性格で信茂より二歳年下だった。

時茂は二人の息子に言い含めるように、おだやかに話し始めた。

「たった今、久留里城より密書が届き、越後の長尾景虎殿に援軍を要請するよう依頼してきた。どちらか一人に行ってもらわねばならぬ」

「ならば拙者が」

信茂は大きな目をまっすぐに時茂に向けてきた。

「まあ、待て。そう急《せ》くでない。これは大事な役目である。里見家の命運がかかっているのだ。長旅になるであろうし、危険も伴う」

時茂は腕組みをしてしばし考えた。使者の役目だけを考えれば勇敢な信茂の方が適任なのは明白であった。だが、万一のことを思うと正木家の将来のために信茂を温存しておきたかった。結局、時茂自らが言ったように里見家の命運がかかっているこの大役は、嫡男の信茂に託すしかないと時茂は決断した。

「信茂、そなたに行ってもらう」

「ははッ」

信茂は一礼し、上げた顔は充実感でいくぶん紅潮していた。

「里見家の存亡はおまえ一人にかかっている。必ず生きて長尾景虎殿に文を届けるのじゃ。くれぐれも慎重に、だが危急の時には何としても切り抜けろ。明朝早く出立いたせ。それまで休んでおけ。憲時も下がってよい」

二人は一礼して部屋を出ていった。

翌朝、霧が立ちこめる中を信茂は二人の従者を連れて小田喜城をあとにし、一路越後をめざした。

八日後、正木信茂は無事に長尾景虎の本拠地である春日山城（現・新潟県上越市）にたどり着いた。正木信茂は長尾景虎に目通りし、里見義堯の援軍要請の書状を手渡した。

長らく越後長尾氏は越後守護代《だい》であったが、いつしか上杉氏を退けて室町幕府から守護として認められていた。また、昨年の上洛の折には、先の関東管領である上杉憲政を補佐して関東に進出すべしとのお墨付きを将軍義輝《よしてる》から得ていた。北条氏に敗れた上杉憲政は、古河公方足利晴氏と奉公衆の簗田晴助の斡旋により、長尾景虎のもとに身を寄せていた。そして、今回の里見氏からの援軍要請である。こうして、長尾景虎の関東進出の舞台は整えられた。関東に一大旋風を巻き起こすことになる関東進出を長尾景虎は決断した。上越国境の山々を越えることから、それは〝越山《えつざん》〟と呼ばれた。

2

城中は正月の準備であわただしかった。永禄三年（一五六〇）の年も暮れようとしていた。

結城晴朝《はるとも》は三ノ曲輪を出ると、寒風が吹き抜ける中を配下の水谷《みずのや》政村と山川勝範を引き連れ、恰幅のいい体をゆすりながら堀にかかる橋を渡り、二ノ曲輪に入った。結城晴朝は折烏帽子に茶色の直垂という正装姿である。直垂の胸の部分には、結城家の紋所である右三つ巴《どもえ》が白く染め抜かれていた。目の大きな肉付きのいい丸顔には、緊張した様子がうかがえた。

しばらく二ノ曲輪を行くと、再び堀にかかる橋を渡った。やたらと堀の多いこの城は、晴朝の居城である結城城ではなく、五代古河公方足利義氏の御座所となっている関宿城（現・千葉県野田市）である。長らく関宿城主であった簗田氏は、足利義氏のために城を明け渡し、自らは古河城へ移っていた。関宿の潤沢な富を狙う北条氏が裏で糸を引いたのだ。結城晴朝はしばらく前から公方義氏のもとに出仕していた。

やがて一ノ曲輪に足を踏み入れると、主殿とともに会所が見えてきた。晴朝は出迎えた御供《おとも》衆《しゅう》に先導されて会所へと進んだ。

会所の大広間の上座を前にして、結城晴朝はあぐらをかいてすわり、すこし後ろに水谷政村と山川勝範が控えた。上座の左側には奏者番《そうじゃばん》の瑞雲院周興が横を向いてすわっている。周興はその名の通り北条氏から送り込まれた禅僧であった。奏者番という立場ながら、北条氏の意向を公方義氏の政策に反映させる後見役、監視役としての役割をになっていた。

晴朝はいくぶんいらいらした様子で公方義氏を待っていた。それというのも早朝に結城城を出た使者が、常陸の多賀谷氏、小田氏、下野の小山氏などが結城城攻めを画策していると知らせてきたからである。晴朝は一刻も早く義氏の許しをもらって結城にもどりたかった。
しばらく待たされてから、公方義氏が二人の御供衆とともに部屋に入ってきて上座にすわった。

結城晴朝は平伏した。

「苦しゅうない、面《おもて》をあげえい」

いくぶん高く優しそうな義氏の声に晴朝らは頭を上げた。

足利義氏は十七歳、色白で切れ長の目は父である晴氏に似ていたが、ややあごが出ているところは北条の血が流れているせいかと思われた。あろうことか白と薄茶色のぶちの猫を抱いている。晴朝は城下の者たちが〝ねこ公方さま〟と密かに呼んでいるのを耳にしていた。半年前に父晴氏が死去し、母の芳春院殿も病に伏せっていた。異母兄の藤氏たちも北条氏によって追放されていた。心の支えを失った義氏は猫をかわいがるようになり、公務の時でも猫を連れていた。瑞雲院周興はそんな義氏をやんわりいさめたが、いつもは従順な義氏はこの時ばかりは周興の意見に従わなかった。周興も猫ぐらいはいいだろうと大目に見たのである。

「さっそくでございますが、憎き兇徒どもが我が結城城攻めを画策している由、けさ方知らせてまいりました。晴朝、こちらに控えまする水谷、山川とともに急ぎ城にもどりとう存じまする。何とぞ、上様のお許しを」

結城晴朝は沈痛な面持ちで訴えた。

「それは心配であろう、晴朝。すぐにでも帰参を許したいところだが……」

義氏は右の方に視線を向けた。そこには先ほど義氏が抱いていた猫が、前足をそろえて背筋を伸ばしてすわり、晴朝を見ていた。一瞬、晴朝は義氏が猫に話しかけたのかと思ったが、そうではなく視線の先には奏者番の瑞雲院周興がいた。周興は黙ってうなずいた。

「晴朝、すぐに結城城にもどり、存分に兇徒どもを追い払え。帰参を許す」

「ははッ、お心づかい、痛み入りまする」

晴朝は平伏して顔を上げたが、猫と目が合ってしまい、猫に礼を言ったような錯覚におちいり妙な気分になった。義氏は再び猫を抱いて、御供衆とともに部屋を出ていった。

晴朝たちは急ぎ宿所にもどり、甲冑を身につけた。隊列を組んで関宿城を後にし、舟で対岸の境河岸（現・茨城県境町）へ渡った。境河岸から結城へは六里（約二十四キロメートル）あり、ほぼ真北にまっすぐ進むことができた。

常陸川を渡った堤で、昼にはまだ半時（約一時間）ほどあったが、これからの行軍に備えて、結城晴朝は兵たちに軽い腹ごしらえをさせた。関宿城を出る時に餅を用意してきたのである。

四半時ほど休んだ後、水谷政村の軍を先頭に、次に結城晴朝の軍が続き、山川勝範の軍がしんがりを務めた。兵力は八百ほどである。

二里ほど北へ進んだところで、北東の小高い丘に数百の兵がたむろしているのが見えた。見渡す限り田畑が広がる中に、農家が点在していた。

水谷政村は進軍をやめて兵たちを待機させ、晴朝のところまで馬でもどった。水谷政村は重《ちょう》瞳《どう》のある左目が特徴の、武芸に秀で、分別をわきまえた優れた武将だった。重瞳というのは片方の目に瞳が二つあるもので、政村の場合は病のためなのか、単にそう見えるだけなのかは定かではなかった。それが特異な雰囲気をかもし出しているのは事実で、並はずれた才能は重瞳のなせる業だと人々から噂されていた。

水谷政村は重瞳の目を光らせながら晴朝に言った。

「前方の丘で敵兵らしき軍勢が待ち伏せしております。物見の者を行かせましたが、おそらく多賀谷あたりの兵でござりましょう」

多賀谷氏はもともと結城氏の配下にあったが、このたびの長尾景虎の越山に呼応して、結城氏に反旗をひるがえしたのであった。多賀谷氏の居城である下妻城（現・茨城県下妻市）は、ここから東へ四里半（約十八キロメートル）のところにある。

「敵はどのくらいじゃ」

「およそ三、四百かと」

「構っているひまはない。一刻も早く結城に着かねばならぬ。そのまま突き進め」

「ははッ」

そうこうしているうちに物見の者がもどってきて、水谷政村の前に片ひざついて報告した。

「申し上げます。丘の上の軍勢は、三本立ち水葵《みずあおい》の旗を押し立てておりまする」

水葵というのは、沼地や湿地などに生える植物で、夏から秋にかけて小さな紫色の花を房状につけて咲く。沼地の多いところに城を構える簗田氏は、水葵を家紋にしていた。

「なんと、簗田殿の兵ではないか」

水谷政村は驚いて晴朝の顔を見た。

「ついに簗田殿まで上杉方に寝返ったか……」

晴朝は悔しそうに歯がみをした。

今年の九月下旬に長尾景虎は越山を果たし、沼田（現・群馬県沼田市）を手始めに、一ヶ月以内にまたたく間に上野《こうづけ》（現・群馬県）と下野（現・栃木県）南西部を味方につけた。そして十二月初めには、いち早く馳せ参じてきた武蔵の岩付城の太田氏、同じく忍城の成田氏を先導に、古河城や河越城に迫ろうとしていた。北条氏は松山城（現・埼玉県吉見町）から小田原への撤退を余儀なくされた。久留里城の包囲も解いたので、里見氏は窮地を脱することができた。

そのころ、古河城では簗田晴助が主殿の執務部屋で書に没頭していた。

簗田晴助は三十六歳、目には聡明そうな光を宿し、鼻筋の通ったきりっとした顔をしていた。時おり打算的なふてぶてしい表情がよぎることがあるのは、舟役として関所の運営をしていく実務的な才を身につけた結果と思われた。簗田氏は二年前に古河公方足利義氏の命により関宿城から古河城へ移ったのだが、舟役は今まで通りとするとの確約を得ていた。

火鉢に炭があかあかとおきているとはいえ、部屋の中は肌寒く、晴助は紺色の素襖《すおう》の下に小袖を三枚重ね着していた。

その時、縁を足早に歩いてくる音がして、部屋の前で止まった。

「お館さま、入ってもよろしいでしょうか」

「構わぬ、入れ」

障子が開いて、側近の久能石舟《せきしゅう》が部屋に入ってきて、晴助の斜め前にすわった。

「ご精が出ますな。お取り込み中、申し訳ござりませぬ」

晴助は書から顔を上げた。書といっても関銭の数字が並んだ帳簿であった。

「まこと、このような無粋なものを延々と見させられては心底いやになる。ゆったりと万葉集など読んでみたいものよ」

「文武両道でこそ、一人前の……」

晴助は手を上げて、久能の話をさえぎった。

「ああ、皆まで言わなくてもよい。よけいに悲しくなる」

二人は顔を見合わせて、かすかに笑った。久能は思い出したように真顔になると、すこしあわてて言った。

「実は、たったいま水海《みずうみ》城から使いが参りましてござります。結城殿の兵が義氏様を見捨てて結城城へもどる動きが見えましたゆえ、結城殿を成敗いたそうと石橋殿が水海城から兵をくり出した由」

晴助は苦り切った表情になると、怒気を含んだ声で言った。

「たわけたことを。結城殿はいにしえより公方様に忠心を尽くしてきた第一の者であるぞ。公方様を裏切るなどということがあるわけがなかろう。むしろ上杉方に寝返った周辺の者たちに城を狙われていて、急ぎもどる途中に違いない。そのようなこともわからずに、石橋は今までよく城代が務まったの。即刻、使いを出してやめさせるのじゃ」

「ははッ」

久能は晴助のあまりの剣幕にたじたじとなり、あわてて部屋を出ていった。晴助は再び書に目を通し始めたが、興奮したせいか内容はまったく頭に入らなかった。

結城晴朝は兵たちに臨戦態勢を取るように命じ、自らも烏帽子を脱いで従者が差し出したかぶとをかぶった。水谷政村は馬上から晴朝に一礼すると、先頭にもどった。

水谷政村は兵たちに下知した。

「このまま押し通る。進め！」

水谷軍は再び進軍を開始した。

丘にいる簗田の兵たちの真横を二十五間（約四十五メートル）ほどの距離をおいて、水谷軍は通り過ぎていく。簗田の兵は傍観しているだけで動かない。結城晴朝の軍が通り過ぎても、やはり動かなかった。だが、山川軍が通りかかったところで、簗田の兵は丘を駆け下りてきて、山川軍に食らいついてきた。

それに気づいた結城晴朝が援軍に向かおうとするのを、いち早く馬で疾駆してきた水谷政村が晴朝に叫んだ。

「お館さま、拙者にお任せあれ」

何とも素早い動きに晴朝は目を見張ったが、水谷政村をのせた馬はすでに後方に走り去っていた。水谷の兵二百ばかりが続いた。

山川の兵と簗田の兵が入り乱れて戦っているところへ、水谷政村は単騎で割って入り、歩卒を二人、三人となで斬りにした。そして、敵の騎馬武者を一太刀で仕留めると、さすがに簗田の兵たちは恐れをなし、ひるんだ。それからは、簗田の兵たちは戦うと見せては退くという無様な戦い方に終始した。そのため、かえって損害はすくなくて済んだようだ。

そこへ西の方から簗田の旗印を背負った騎馬が全速力でやってきて、しきりに「引け、引け」と叫んでいる。簗田の兵は全軍がわれ先にと退却していった。

後に残された結城勢はあっけにとられて、逃げていく簗田の兵を黙って見送るばかりであった。

山川勝範が水谷政村に近づいてきて話しかけた。

「さすがは水谷殿、見事な働きぶりでござった」

政村はひきしまった表情をすこしもゆるめることなく言葉を返した。

「いや、それほどでもござらぬ」

「いずれにしても、よくわかりませんな。簗田勢にあまり戦意がなかったように思われましたが……」

山川勝範は小首をかしげた。

「山川殿もそう感じられましたか。おそらく、簗田殿の兵たちは、われら結城と戦うことに納得がいかなかったのでしょうな。もともとは味方だったわけですから。こたび戦を仕掛けてきたのも、水海城の城代あたりの独断だったのではありますまいか」

「なるほど、それで古河城から伝令が来て、あわてて引いていったと」

山川はひげの濃い丸顔に納得の表情を浮かべた。

「それにしても水谷殿はよく先の先まで見通してしまわれますな。水谷殿のようなお方が味方におられるのは、まことに心強い限りでござる。お館さまも道をあやまるということもなく安心でござりましょう」

「いや、痛み入ります」

水谷政村は控えめに答えたが、重瞳のある左目には満足そうな色が一瞬よぎったようであった。

「さ、先を急ぎましょうぞ。無駄な手間を取り申した」

水谷政村はもう一度、山川に一礼すると、馬のたづなを引いて先頭に向かって駆けていった。

結城晴朝らは夕刻に結城城に到着した。さっそく翌日から敵を迎え撃つ準備を始めた。城下の寺院から用材を調達し、防御のための楯を各所に築いた。そして、支城の家臣たちを結城城に集め、固く門を閉ざした。

正月七日の明け方、敵である小山、多賀谷、小田勢が鬼怒《きぬ》川対岸の小河台に集結しているとの報が物見の者によってもたらされた。その数、三千。味方の倍の兵力である。

小山高朝はもとは結城家の人間であり、小山家に養子に入り当主となった。その後、高朝の次男として生まれた晴朝が結城家に入り家督を継いだ。このように結城家と小山家は親戚なのだが、このたびの長尾景虎の越山によって、小山高朝は上杉方に鞍替えした。多賀谷政経も同様に結城家に敵対した。

「こたびの戦は、氏朝公が結城城を根城に戦った永享十二年の結城合戦以来の大戦《おおいくさ》じゃ。皆の者、命がけで戦え」

結城晴朝は配下の武将や家臣たちに檄を飛ばした。結城合戦は約百二十年前、晴朝の五代前の氏朝が、室町幕府と関東管領上杉氏に反旗をひるがえして、四代鎌倉公方足利持氏の遺児たちを擁して蜂起した乱である。結城氏の名は遠く京の都にまでとどろいたのであった。

敵方の先陣が城に攻め寄せると、結城勢は籠城することなく大手とからめ手から果敢に討って出たので、敵方の多賀谷勢は気迫に押されてたまらず退いた。その後も、寄せてくる敵をそのつど撃退したので、もともと戦意の高くない敵方はそれぞれの本拠に撤退した。多賀谷氏は和睦を結んで、結城氏の配下にもどった。多賀谷政経の妹を山川勝範に嫁がせることで、結城家との結びつきをより強固なものにした。


快進撃を続ける長尾景虎は、二月下旬に鎌倉の鶴岡八幡宮に戦勝祈願をすると、三月には小田原に向かった。だが、籠城する北条氏を切り崩すことはできず、三月下旬に小田原城下を放火すると十日ほどで鎌倉に移動した。

長尾景虎は、鶴岡八幡宮で上杉憲政から関東管領職と上杉家の家名を譲り受け、憲政から「政」の字をもらって上杉政虎と改名した。十一月には、将軍義輝から「輝」の字をもらい、輝虎と再び改名。後に出家して、謙信を名のることになる。ややこしいので、ここからは上杉謙信で統一することにしたい。

さらに謙信は、五代古河公方義氏の異母兄である藤氏を古河公方として擁立し、上杉憲政とともに古河城へ入城させた。その間、義氏は関宿城に籠城しており、北条氏の推す義氏と上杉氏の推す藤氏という二人の古河公方が並立することになった。

六月下旬に上杉謙信は越後へ引きあげた。七月になると足利義氏は関宿城を出て、下総小金城を経て上総佐貫城（現・千葉県富津市）へ移っていった。

3

「これは野分《のわけ》が来るべ」

灰色の雲がせわしなく流れている空を見上げて、小七は相方の飛助に向かって大きな声を出した。野分とは今で言う台風のことで、二百十日前後にくる嵐のことをこう呼んだ。小七たちはできる限りの力をふりしぼって棹を操り、舟を先へと進めた。

小七たちの乗った舟が関宿の舟溜まりに着いたころには、風雨ともに強くなってきていた。

「危ねえところだった。もう一時（約二時間）も遅かったら、どこかの津で一晩明かさなけりゃならねえところだった」

小七が飛助に話しかけながら舟を河岸につけると、他の船頭や水夫たちが集まってきて舟を陸に上げる手伝いをした。小七たちもいっしょになって、他の舟を陸に上げ杭に綱をしばりつけたりした。

ようやく作業が終わったころには薄暗くなった。いっしょに関宿の城下まで帰ってきた仲間たちは、一人、二人と別れていった。商いの店が軒を並べる一角を通り過ぎると、小七と飛助だけになった。嵐に備えて早じまいしたようで、どの店も固く戸を閉ざしていた。大きなけやきの木のある辻のところで二人は立ち止まった。

「大したことに、ならなけりゃいいが……」

小七は不安そうに飛助に話しかけた。

「そうだな。じゃあ、おやすみなせえ」

「おやすみ、気をつけてな」

尻っぱしょりになって家路を急ぐ飛助を見送ると、小七も小走りで家に向かった。

曲がりくねった細い道を行くと小七の家が見えてきた。

家の入口の引き戸を開けて土間に入ると、小七はほっと息をついた。

「いま帰ったぞお。いやあ、参った、参った」

女房の笛が板の間から土間に下りてきて、小七に手ぬぐいを渡す。

「おまえさん、お帰りなさい。大へんだったでしょう」

息子の流治と娘の瀬音もいろり端から立ち上がって、土間の際まで出てくる。

「おっ父《とう》、ぬれちゃったね」

流治が心配そうに声を出す。

「ああ、ぬれネズミだな。チューとも鳴けねえよ」

小七は手ぬぐいで頭や顔をふきながら、白い歯を見せる。それを見て、流治も笑顔になる。

「おっ父、おなか、すいた」

髪をうしろで束ねた瀬音が、大きな目で上目遣いに小七を見る。

「おい、笛。子どもたちに先に食わしてやれ。おれは着替えねえと、とてもじゃねえが上にあがれねえから」

小七は笛を促す。笛は手早く小七の着替えを用意すると、流治と瀬音をいろり端に連れていった。そして、いろりにかけてあった鍋からかゆを二人の椀によそった。鍋からはもうもうと湯気が立ちのぼり、うまそうなにおいが小七のところまで漂ってきた。小七は着替えながら、ごくりとつばを飲み込んだ。

嵐は一晩中吹き荒れ、入口の戸板をがたごととゆらした。流治もなかなか寝つかれなかったが、いつの間にか眠りに落ちた。

朝になると嵐は止んでいた。見回りの者が、舟が二艘流されたと言ってきた。幸い小七の舟は無事だったようだ。

「川もあふれて、仕事はムリだ。今日は休みだ」

家族で朝げを済ますと、小七はまた布団にはいってしまった。

流治はそんな父を見て、つまらないと思った。せっかく二人で川を見に行こうと思ったのに。一人で見に行くのを父が許してくれるとはとても考えられなかったが、流治は恐る恐る聞いてみた。

「おっ父、川を見に行ってもいいかい」

「何だと、川を見に行くだと」

小七は横になったまま、眠そうに目を半分あけて流治を見た。

「まあ、いいか……。そのかわり絶対に川に近づくなよ」

「うん」

流治は断られると思ったが、父がかんたんに許してくれたので、むしろ拍子抜けした。

「あたいも」

瀬音が小七のそばに来て、立ったまま言った。

「ダメだ、ダメだ。瀬音、川に落ちたら海まで流されて、大きな魚に食われちまうんだぞ」

「じゃあ、やめた」

瀬音はあっさりそう言って、母の笛の方に行ってしまった。もともとそれほど行きたかったわけではないらしい。

「じゃあ、おいら、行ってくらあ」

「ああ、くれぐれも気をつけてな」

小七はそう言うと布団をかぶった。

流治は家を出ると、父・小七の相方である飛助の家に寄り、飛助の息子の豆助を誘った。豆助は細い目を輝かせ、喜んで流治についてきた。豆助は流治より三つ下で、背がかなり小さかった。

流治たちは境河岸との渡しへと続く街道を急いで歩いていった。道はゆうべの豪雨のせいでぬかるんでいた。途中、流山街道が右から直角に交わり、左には堀にかかる橋の向こうに関宿城のからめ手の門が見えた。

しばらく行くと、道端にたたずむ地蔵の横から左に分かれる細い道に入った。両側は草むらだが、あふれた水が流れたせいで、丈の高かった草はすべて一方向になぎ倒されていた。曲がりくねった細い道は、城に続く堤まで達していた。

流治たちが堤に上がると、一人の武家の男の子が堤の先の沼の方を見ていた。背かっこうからして、流治と同じくらいの年齢らしい。武家の子は流治たちを見てにっこり笑ったが、すぐにまた沼の方に視線をもどした。ふだんは、川に続く部分と奥の方が細く、中ほどが広くなっている沼なのだが、洪水のためその先の逆川と一体となっており、どこまでが沼なのか判別できなかった。

堤の下は水が引いて、地面がすこし顔を出し始めた。武家の子は斜面をおりて下まで行った。流治と豆助も続いて下りた。

みるみる水は引いていく。五、六間（約十メートル）先の低木が茂っているところは濁流となっていて、茶色くにごった水が渦を巻いている。

「よし、あそこまで行ってみる」

武家の子は渦のあたりを指差して、水に入ろうとする。

「バカ、やめろ、流されちまうぞ」

流治は武家の子の手をつかんで引き止める。

「なに、平気さ」

武家の子は流治の手を振り払おうとする。

「やめろってば」

流治はなおも行こうとする武家の子を必死で止める。

「おい、離せ」

「離すもんか、おい、豆助、手伝え」

流治はすこし離れたところにいる豆助に声をかけた。豆助は流治といっしょに武家の子を羽交い絞めにして、水際から引き離した。勢いあまって三人とも尻もちをついた。

武家の子は尻もちをついたまま、濁流を見つめている。流治は武家の子の斜めうしろに立ち、なおも警戒するように武家の子から目を離さずにいた。豆助も流治のかたわらに立っている。

武家の子は振り向いて、流治を見上げた。

「わかったってば、もう行かないから。さっきはちょっとどうかしてたんだ。渦に吸い込まれるような感じがしたんだ」

流治はほっとして肩を落とし、武家の子の隣にすわり込む。豆助もすこしうしろにすわる。

「川は恐えよ。ふだんはやさしい流れでも、時々悪さをするのさ」

「そちは川のことをよく知ってるんだな」

「そちだって？」

流治はうしろを振り向き、豆助と目を合わせると笑った。

「やめてくれ、おいらは流治だ」

「流治殿」

「やめれってば、流治でいいさ」

豆助はケラケラとさも面白そうに笑いこけている。

「拙者は簗田源五と申す」

「へえ、ご領主さまの息子さんかい」

「ご領主さまは、やめてくれ」

源五は流治の口調をまねて、聡明そうなまなざしにいたずらっぽい色を浮かべた。

「じゃあ、源五でいいか」

「ああ、ところで流治はいくつだ？」

「おいらか、おいらは十一だ」

「じゃあ、拙者、いやおれと同じだな」

二人は顔を見合わせて、はにかむような笑みを浮かべた。

「こっちの豆助は八つだ。うちのお父と豆助のお父は同じ舟に乗ってるんだ」

源五は流治と豆助に羨望のまなざしを向けた。

「へえ、いいな。舟でどこへでも行けるんだな」

「どこでもといっても、古河や八甫ぐらいまでさ。銚子や江戸まで行くときは乗せてもらえないんだ」

「それでも、いいじゃないか。さぞ気持ちがいいんだろうな」

「そりゃあ、川の風に吹かれて、川の上をすべっていくような感じは何ともいえないさ」

「いいなあ、流治は舟が漕げるのかい」

「まあ、ちょっとだけだが……」

流治はすこし自慢げに、くりっとした目を川の方に向ける。

「そうだ、おれに舟の漕ぎ方を教えてくれよ」

源五は流治に顔を近づけて言った。

「うん、かまわねえよ。だけど、今日はムリだぞ。もっと川がおだやかじゃねえと危ねえからな」

「わかった、きっとだよ、約束だ」

「じゃあ、どうしたらいい」

「そうだな、お城に来ればいいさ」

「それは、ちょっと……」

流治はさすがに尻込みした。

「そしたら、あさっての昼八つ（午後二時）に、関所の船番屋のところで会おうか」

「あさってか、それならいいや」

「それじゃあ、楽しみにしてるよ」

「ああ」

源五は立ち上がって、堤の上を城の方に向かって歩き出した。

流治と豆助も堤の上に立ち、源五を見送った。すこし行ったところで源五は振り向いて、流治たちに手を振った。流治は照れくさそうに右手を上げて応え、豆助は大きな声で「またねえ！」と叫んだ。


（やはり、ここからの眺めは心が落ち着く）

簗田晴助は眼前に広がる川の流れと、その向こうの沼を見ながら、満足そうな表情を浮かべた。古河城からの川の眺めも雄大だが、ここ関宿城の二層櫓《やぐら》から見る川の眺めは格別だった。眼下を流れる逆川は小さな川だが、舟の往来が多く、見飽きることがない。野分の後で、今はどこまでも水面が広がっているが、通常は川とつながるひょうたんのような形をした沼が見えた。その向こうには境河岸の船着場が見え、舟が停泊していない時はまずないと言っていい。境河岸は物資の集散地として活気にあふれ、船荷をあつかう商人や人足たちが数多く働いている。

簗田晴助は永禄四年（一五六一）八月、古河城から関宿城へもどっていた。上杉謙信の越山により、北条氏は関東各地からの撤退を余儀なくされ、小田原城に籠城した。小田原城は固い守りで知られ、上杉謙信といえども落とすことはできなかった。だが、あまたの諸侯、豪族たちが謙信に従った。古河公方足利義氏と北条から送り込まれた家臣たちは、関宿城を出て上総佐貫城へ移った。簗田氏は謙信の動きに呼応して、誰もいなくなった関宿城に復帰した。

古河は関東公方の本拠地として権威ある地ではあったが、舟への課税により潤沢な富を生み出す関宿は何よりも捨てがたい地であった。そのため、北条氏も虎視眈々と関宿を手に入れようと狙っているのだ。

公方家奉公衆でありながら、地域権力としての地位を確立したい簗田氏は、公方家を離れて上杉方に付いたのである。名目上の理由は、上杉氏が古河公方として擁立した藤氏に従うというものであった。それなら、古河公方家奉公衆としての立場も守れると簗田晴助は考えた。

眼下の堤を一人の男の子が歩いてくるのが晴助の目にはいった。身なりからして武家の子どものようだ。近づいてくるにつれ、晴助の嫡男である源五だとわかった。はずむような足取りで、嬉々とした表情を浮かべている。

二層櫓の真下に来たところで、晴助は源五に声をかけた。

「源五、どこへ行っていたのじゃ」

源五は立ち止まり、あたりを見回していたが、やがて二層櫓の二階のしとみ戸があいたところから顔を出している晴助に気づくと、まぶしそうに目を細めた。

「父上、船頭の子どもから舟の操り方を教わることになりました。よろしいでしょうか」

晴助は一瞬かたい表情になって考え込む風だった。だが、すぐに屈託のない笑顔になった。

「ああ、構わん。じゃが、心して身につけるようにするのじゃぞ」

「はい、父上、ありがとうございます」

源五はぴょこんとおじぎをすると、大手門にまわるべく堤の上を駆けていった。

二日後、野分が過ぎ去り、悪天候がうそだったような快晴となった。冠水した田畑からは水が引き、川はまだ水量が多いとはいえ、舟の航行に支障のない程度におだやかさを取りもどした。

小七たちの舟も木下《きおろし》（現・千葉県印西市）まで下り、境河岸まで米を運び、まだ日が落ちないうちに関宿まで帰ってきた。船番所の前を通り過ぎる時に、小七は手をあげて川役人に合図をした。向こうからも同じように合図を返してきた。

「おや、あれは流治じゃねえか」

小七の声に、船尾にいた飛助が顔を上げた。

「あれ、うちの豆助もいっしょだ」

二人の視線の先には、船番所の河岸につけた小舟から下りようとしている三人の子どもの姿があった。

「もう一人は誰だべ、お武家の子らしいが……。飛助、何か聞いているか」

小七は振り向いて、飛助に話しかける。

「いいや、何も聞いてねえ」

二人がそんな会話を交わしているうちに、三人の子どもは舟を下りて、武家の子は城の方へ去っていった。流治と豆助は武家の子を見送ると、自分たちの家の方角へと歩き始めた。

小七たちの舟はやがて舟溜まりに着き、二人は舟を杭に結びつけて家路を急いだ。

小七たちが船番所から来る道が合流するあたりまで来ると、流治と豆助が待っているのに出くわした。流治たちの方でも、小七たちの舟が帰ってきたのに気づいていたらしい。

「おっ父、早かったね」

小七たちが近づいていくと、流治が声をかけてきた。

「ああ、野分のあとだし、ムリはできねえからな」

小七はそう言いながら、笑顔を見せている流治のところまで行き頭をなでた。豆助は走ってきて飛助のもものあたりにしがみついた。飛助は笑い声をあげて豆助を抱き上げた。

「ところで、流治、あのお武家の子は誰なんだ」

「あれは、ご領主さまの息子で源五っていうんだ」

流治はお互いに呼んでいる通りに言っただけのつもりだったが、小七はすこし険しい表情になった。

「何だって、ご領主さまのせがれさんだって。おい、流治、人前で話をするときは、呼び捨てになんかしてはならねえぞ。源五様って言うんだ。いいな」

流治は小七のきつい言い方にしょんぼりした顔になった。

「うん、わかった」

「で、何をしてたんだ」

小七はすこしきつく言いすぎたと思い、おだやかに聞いた。

「源五が、じゃなくて源五様が舟の漕ぎ方を教えてくれっていうんで、教えてたんだ」

「そうか、舟の漕ぎ方をな」

小七の口調はどこか歯切れが悪く、いつもの小七らしくなかった。飛助が口をはさもうとするのを、小七は手で制して言った。

「ま、それはいいが、ほどほどにな。あんまり深入りするんじゃねえぞ」

「深入りって何さ」

流治は何となく嫌な意味合いを感じ取り、反発した。

「そうさな、何ていうか、俺たちとは所詮、身分が違うってことだ。今はいいが、あとで後悔することになる。ま、こんなことを言っても、わからねえだろうがな」

そう言った小七はすこし悲しそうだった。そんな小七を見て、流治もそれ以上食い下がるのをやめた。飛助も何か言いたそうだったが、同じく口をつぐんだ。

四人は、夕日に照らされて長く伸びた影を連れて、家へとつづく道をとぼとぼと歩いていった。

4

梅雨の走りと思われる雨もよいの日が数日つづいた後の、どんよりとした蒸し暑い日の昼ちかくであった。

だらだらとつづく山道を登る一行があった。先頭は従者とおぼしき烏帽子に素襖姿の侍が数名、その後に直垂姿の身分の高そうな若者が三人とまだ二十歳そこそこの姫君がつづいている。最後尾にも従者数名が時おりうしろを振り返りながら、しんがりを務めていた。

うっそうと生い茂る杉林の中の道は幅が二間（約三・六メートル）ほどで、人馬が行き交えるだけの余裕があった。多くの兵をすすめるにも支障はなさそうだ。

「兄上、まだ着かないのですか」

姫君が眉間にしわを寄せて大きな目でにらみつけるように、上に向かって話しかけた。髪をうしろで束ねていて、広い額が印象深かった。怒ったような口調からして、かなり疲れているようだ。山道など登ったことがないと思われた。

「もうすこしの辛抱じゃ」

四人のいちばん先を歩いていた若者が振り向いて返事をした。柔和な白い顔は、いくぶん上気している。

「ああ、もういやだ。わらわは疲れました」

姫君はそう言って、道端の大きな石の上にすわり込んでしまった。

「茜《あかね》、そうわがままを言うでない」

二番目を歩いていた若者が姫を叱咤した。先頭の若者とは目元が似ており、どうやら兄弟のようである。やや鋭い眼光からは気の強さがうかがえた。

「兄者、私も疲れました。すこし休みましょう」

三番目の若者が姫君のとなりに腰をおろす。姫君と目配せしてすこし笑った。

「仕方がない、すこし休もう」

先頭の長兄と思われる若者があきらめたように道の反対側の石に腰をおろす。二番目の若者もそれにつづいた。従者たちも片ひざ立ててかがんで休んだ。

この一行は古河公方の兄弟たちで、上から足利藤氏、藤政、家国とつづき、姫君は藤政が呼んだとおり茜である。

当初、四代古河公方足利晴氏は藤氏に五代公方の座を継がせたのだが、のちに北条氏の圧力に屈し、北条氏から送り込まれた嫁が生んだ義氏を五代公方に据えざるを得なくなった。先に簗田氏から嫁いだ妻の子である藤氏らは追放となった。

永禄三年（一五六〇）十一月から翌年六月までの上杉謙信の一回目の越山により、藤氏は再び古河公方の座に返り咲いたのだが、それもつかの間、上杉謙信が越後に帰ると北条氏によってまたしても古河から追放されたのであった。

それで藤氏一行は、上総・安房に勢力を張る里見氏を頼って、久留里城へとつづく山道を登っているところなのだ。

その時、坂の上の方から馬のひづめの音が聞こえてきた。ひづめの音はすこしずつ近づいてきて、やがて上り坂が右に曲がって見えなくなるところから、騎馬武者と輿《こし》をかついだ家来らしき者たちが姿を現した。

　騎馬武者は一行の前まで来て歩みを止めた。藤氏たちは一様に立ち上がって、騎馬武者を見上げた。騎馬武者は馬から下りて、片ひざついてかしこまった。

「公方家の方々にこのような山道を歩かせて申し訳ありませぬ。遠路はるばるお越し頂き、ご無事のご様子、祝着至極に存じます。拙者は里見義堯の嫡男義弘と申します。以後、お見知りおきを」

　そう言って上げた顔は角張っていて、眉が太く鼻が長かった。肩幅は広くがっしりした体格で、袷のすこしはだけた胸元からは胸毛がのぞいていた。見るからに男くさい印象で、茜にとっては御所では見たことのない野蛮な者に感じられた。

「姫君は、拙者の馬にお乗り遊ばされませ。この義弘が城までお送りいたしまする」

　茜はあからさまに嫌そうな顔をして、家国のうしろに隠れた。

「いらぬお世話じゃ。わらわは歩いていく」

　里見義弘は困った顔をして、しばし思案していたが、ひとつため息をつくと立ち上がりながら言った。

「それでは致し方ありますまい。無理にとは申しませぬ。拙者はひと足先に城にもどり、お館にお知らせしておきまする」

義弘は家来たちに指示を与えて、自らは馬にまたがり一礼すると元来た坂を登っていった。

片ひざついて控えていた輿をかついできた四人の家来のうちのいちばん年かさの者が口を開いた。

「姫君さま、それでは我らが輿にお乗りなされませ」

茜はにっこり笑うと、

「ならば、そうさせてもらうかの」

そう言うが早いか、嬉々として輿に乗り込んだ。

年かさの家来は人なつこそうな顔をほころばせて、他の家来とともに輿をかついだ。

「何だ、乗るのか……」

家国はあきれたように、つぶやいた。里見義弘の好意を踏みにじっておいて、家来たちの輿に喜んで乗るという茜の気持ちが理解できなかった。藤氏と藤政も顔を見合わせて苦笑いすると、坂を登り始めた輿につづいた。

足利藤氏たちはようやくのことで久留里城の本曲輪にある里見氏の常御殿までたどり着いた。

半時（約一時間）ほど休んだ後、藤氏たちをもてなす宴が開かれた。

膳にはあわびの煮つけ、さざえの壺焼き、鯛の串焼きなど海の幸が並んだ。久留里城は海沿いの木更津から五里（約二十キロメートル）ほどの距離にあったので、急げば十分に新鮮な魚介類をもってこられた。

　茜は今まで内陸の古河から出たことがなかったので、あわびぐらいしか見たことがなく、兄たちがさざえの壺焼きをほじくり出して食べているのを見ると、途端に食欲をなくしてしまった。壺の中から気味の悪いものが出てきたからである。

　茜がすこし離れた斜め前を見ると、里見義弘と目が合ってしまい、あわてて下を向いてしまった。二十一歳の茜にとってみれば、どう見ても三十半ばを過ぎていると思われる義弘は、父親の年代に近かった。どうふるまっていいのか当惑していたのだ。ふだんは気の強そうな目をしている義弘だが、茜を見る時にはその目はいくぶん細められて、いつくしむような優しさが漂うのだった。茜はそんな義弘の視線に出合うと、何とも面映ゆいような居心地の悪さを感じるのだった。

　宴は座敷から縁に座を移して、縁の前の庭で田楽能が催された。藤氏、藤政、家国、茜の兄弟は最前列にすわり、その横には当主の里見義堯・義弘父子と義堯の妻、重臣の冬木丹波守、天羽左衛門が並んだ。里見義弘は二年前に妻を亡くしていた。

　山深い城とはいえ、役者たちの芸はなかなか巧みで、藤氏たちが日ごろから見慣れている猿楽能と比べても遜色ないと思われた。

藤氏は満足そうな表情をして、右隣りにいる里見義堯に話しかけた。

「よもや田楽能が見られるとは思いもよりませんでした」

「それは何より。ご満足いただけましたかな」

里見義堯はいくぶん自慢げに相好をくずした。

茜はそんな兄を横目で見ながら、素っ気なく言った。

「まあ、兄上ったら、お追従を言って。やっぱり何か足りないように、わらわには思われまする。ああ、つまらない」

隣にいた家国が扇を口元にあてて、静かにいさめる。

「これ、茜、悪態をつくでない。里見殿に聞こえるではないか」

実際、里見家の面々には筒抜けで、里見義堯は角張った顔をこわばらせたが、まだ若い姫君のわがままと割り切り、大目に見ることにした。

「どうやら姫君にはお気に召さなかったようでござりまするな」

「至って行儀の悪い妹で申し訳ござりませぬ」

藤氏は軽く頭を下げる。

「いや、お気になさらずに。そうじゃ、義弘、姫君に八犬士を見せてあげては」

「左様でござりまするな」

義弘はそう言って、茜の方を見る。

「何ですか、その八犬士というのは」

今まで黙っていた藤政が口をはさむ。

「八犬士というのは、里見家が飼っている八匹の犬のことで、遠く離れた味方との連絡役として調練されているものです」

義弘が説明する。

「それは面白そうじゃ。茜、いっしょに見せてもらおう」

藤政は興味を示し、茜を誘う。

「わらわは、犬は嫌いじゃ」

茜は大きな目をまっすぐ前に向けたまま、きっぱりと言い切る。

里見義弘はあっけにとられ、次の言葉が出てこない。それを見て、冬木丹波守がとりなすようにおだやかに言う。

「それでは、姫君は猫がお好きなのですかな」

「猫が好きなのは義氏じゃ。あの子もかわいそうに」

里見家の人々は何と返事をしていいのかわからず沈黙した。公方家の複雑な事情にはうかつに立ち入れないと誰しも思ったのだ。藤氏たちも、義氏の名前が出たため、気まずい思いにかられた。義氏が悪いわけではないが、藤氏たちが古河を離れて里見氏を頼らざるを得なくなったのは、義氏に起因しているからであった。

茜は重苦しい雰囲気を作ってしまったことに気がとがめたらしく、努めて明るい口調で語りだした。

「古河公方家には初代成氏公の頃から言い伝えられている狸にまつわる話があるのです」

里見義堯はひとひざ乗り出し、興味を示した。

「それはぜひ、お聞かせ願いたいものじゃ」

「はて、そのような話は聞いたことはないが……」

藤氏は首をかしげる。

「奥向きにだけ伝わる話ですから、兄上が聞いたことがないのは当然です」

「ま、つづけなさい」

「それは、成氏公の御台所《みだいどころ》である伝心院殿が、上州の茂林寺に法話を聞きに行った時のことだそうです。すこし早く着いたので本堂ですわって待っていると、ご本尊の下の薄暗がりに狸がいたそうな」

「ほう、そんなところに」

天羽左衛門が思わず合いの手のように口をはさむ。

「で、法話が終わって、うどんがふるまわれたのですが、伝心院殿がうどんを食べていると、誰かが『どうですか』ときくので顔を上げると、先ほどの狸が目の前にいたというのです」

「これは異なことを。狸が口をきいたのですか」

里見義堯は思わず笑ってしまったが、茜のとがめるような視線に出合うと、神妙な顔つきになった。

「……ですが、狸ではなく守鶴《しゅかく》という和尚だったのです。狸そっくりの顔だったそうです。伝心院殿は混乱してしまい、御所にもどって成氏公から法話についてきかれても、何も答えられなかったそうです。後から冷静になって考えてみると、ご本尊の下に狸が出た時は守鶴和尚の姿が見えないと小僧が言っていたということもあり、守鶴和尚は狸の化身ではないかと……」

「ばかばかしい、よくもそんな話が百年も伝わってきたものだ」

藤政はあきれたように言った。

「いやはや、話としては面白かったですな」

里見義堯はそう言いながらも、すっかり興ざめしたような顔をした。他の者たちも何となく気抜けしたような表情になった。誰も信じてくれないので、茜はくやしそうな顔をして口をつぐんだ。

「それがしは茜姫さまの話を信じまするる」

そう大きな声できっぱりと言ったのは里見義弘だった。例の気の強そうな目で茜を見つめていた。単なる気休めではなく、真剣そうなまなざしだった。茜は今までのいきさつを忘れて、素直に嬉しさを感じた。そして、義弘という男にすこしだけ好意をいだいた。

その夜は、旅の疲れと宴の気疲れから、藤氏たちは早く休んだ。だが、もともと繊細な藤氏は、疲労のためにかえって寝つかれなかった。厠《かわや》へ行こうと起きて縁に出たのだが、どこかで方向を間違えたらしく、見覚えのない一角に迷い込んでしまった。とある部屋の前にさしかかった時に、何やら話し声が聞こえてきた。耳をすますと男の声で、ひそひそ話をしているようだ。

ひとつ先の部屋の障子がぼおっと明るくなっているところをみると、どうやら声はその部屋から聞こえてくるようだ。藤氏は忍び足でその部屋の前まで行き、聞き耳をたてた。

「……わが里見家は小弓公方であった足利義明様のお子をかくまい、安房小湊に住まわせておる」

これはまぎれもなく里見義堯の声だ。

「そして、おまえは義明様の娘である青岳尼を妻とし義頼をもうけた。だが、青岳尼は亡くなってしまった。里見家は足利一門に連なる絆を得たが、できれば正統の古河公方家とよしみを通じておきたいとわしは考えた。藤氏様たちをお迎えしたのは、そのためじゃ。で、義弘、おまえが茜姫と夫婦《めおと》になれば、よりいっそう足利一門としての地位は盤石なものになる」

「ですが、父上、茜姫はそれがしを嫌っておりまする」

これは義弘の声だ。

「気の弱いことを言うでない。言うことをきかなければ、力ずくでものにするのじゃ」

「父上、それがしにはそのようなことはできませぬ」

「歯がゆいのお」

藤氏はおう吐を催しそうになった。里見氏が自分たちを迎えたのは、純粋な忠心からではなく、かくなる打算があったとは。藤氏は宴の酔いも手伝って、気分が悪くなった。一方で、妹の茜を野蛮な男から何としても守らなければならないと心に誓った。

「む、障子の外に誰かいるのか?」

「はて、何か気配でも」

部屋の中は静まり返った。藤氏も息をころして、身動きひとつしないように気をつけた。

その時、一陣の風が吹いてきて、障子をゆらした。

「何だ、風か……」

「はい、そのようで」

藤氏は音をたてずに、その場を立ち去った。おう吐をこらえて手で口を押えながら、厠の方にもどっていった。目からは涙がこぼれ、ほおを伝わった。それは、自らの不遇を悲しむ涙なのか、それとも打算にもてあそばれた悔し涙なのか、藤氏自身よくわからなかった。

5

水色のしころ頭巾をかぶった甲冑姿の武者が腕組みをして、本曲輪の切り立った崖の上から眼下に広がる平野を見下ろしている。歳のころは四十ぐらいで鼻は長く、あごがすこし出ている。ふだんはたれ気味の目には怒気を含んだ鈍い光が宿っていた。しころ頭巾というのは、天辺が平らで丸く、左右と後方に首筋をおおう布が垂れている頭巾のことである。

ここ松山城（現・埼玉県吉見町）は、武蔵の河越城の北三里（約十二キロメートル）ほどのところにあり、今は岩付城主の太田三楽斎が支配している。永禄四年（一五六一）七月から九月にかけて、太田三楽斎は上杉謙信の越山に伴い、北条方から松山城を奪った。だが、翌年七月に上杉謙信が越後へ帰ると、九月には早くも北条氏は小田原から出陣し松山城北側に陣をしいた。

北条勢は一万五千の兵で松山城を取り囲んだが、断崖絶壁の上にある松山城は難攻不落で攻めあぐんだ。北条氏康は、上杉謙信が出馬してくると攻略は容易でないと見て、武田信玄に援軍を依頼した。それを受けて武田信玄は兵を進め、十一月に武田軍一万二千が着陣した。松山城は、北条・武田両軍あわせて三万ちかい兵に囲まれてしまった。

太田三楽斎は、かの太田道灌の血筋を引いているだけあって智謀にすぐれた武将であったが、眼下に展開するおびただしい兵を呆然と見渡すだけで、なすすべがなかった。三楽斎の家系はもともとは太田道灌の弟が祖であるが、道灌の息子が養子に入り家督を継いだので、三楽斎にとって太田道灌は実質上の曾祖父にあたっていた。

幸い松山城は市野川がけずり取った急峻な崖の上に築かれているので、大軍といえども簡単には落とすことのできない山城であった。山がせり出したような形になっており、市野川は山を迂回するように大きく蛇行して山すそを流れていた。

城兵はわずか千五百しかなく、三万ちかい敵を相手にまともに戦ってはまるで勝ち目はなかった。籠城して味方の援軍を待つしか策はなかった。

謙信の越山で上杉方一色に染まった上野、下野西部、北武蔵は、謙信が去ると変化が生まれた。下野の唐沢山城（現・栃木県佐野市）の佐野昌綱は上杉方から離反し、北条方に入った。唐沢山城は上杉謙信が関東へ進出する際の拠点であったので、上杉方にとってはかなりの痛手であった。また、忍城（現・埼玉県行田市）の成田長泰も北条方に鞍替えした。一年前、鎌倉で上杉謙信と対面した際に、礼儀を欠いたといってとがめられて以来、疎遠になっていたようだ。

三楽斎は上杉謙信に援軍を求めたが、謙信は越中に出兵中であり、すぐには要請に応えられそうになかった。

「お館さま、このおびただしい大軍に打ち勝つことができましょうや」

三楽斎の斜め後ろに控えていた近習の舎人《とねり》孫四郎が不安げな様子でたずねた。三楽斎は腕組みを解いて振り向いた。片ひざついて控えている舎人孫四郎は切れ長の目を三楽斎に向けていた。緊張のためか、体が小刻みにふるえている。その隣には同じく近習の野本与次郎がいて、こちらは下を向いてしまっている。二人ともまだ十八、九歳と若く、このたびの戦が初陣となるはずだ。

「与次郎、面を上げよ」

三楽斎の言葉に野本与次郎は顔を上げたが、まだ幼さの残る顔は蒼白だった。三楽斎はいつくしむようなまなざしで交互に二人を見ながら、片方の口角をいくぶんひきつらせるように薄く笑った。

「心配するでない、策は考えておる」

三楽斎はそう自信たっぷりに言い切ったが、それほどいい策があるわけではなかった。この圧倒的な兵力差では策は限られてくる。せいぜい局地的な勝利を得るのが関の山である。三楽斎は半年は持ちこたえる自信はあった。だが、援軍が来なければ万事休すとなるのは目に見えている。

「よし、黒川を呼べ」

三楽斎は舎人孫四郎に指示した。孫四郎は一礼すると足早に立ち去った。

しばらくして宿老の黒川権左衛門がやってきて、片ひざついて控えた。

「お館さま、お呼びでしょうか」

「うむ、黒川、すべての者に伝えよ。敵の大軍を打ち負かすには一人に二十人力の働きをしてもらわねばならぬ。死に物狂いで戦えと」

三楽斎は目をぎらつかせながら、力強く言い放った。

「ははッ」

黒川は一礼すると大股でもどっていった。それを見送る三楽斎の目は冷ややかな色をたたえ、口元には自嘲気味のうすら笑いが浮かんだ。当代きっての知将と自他ともに認める自分が、こんな言い古されたありきたりなことを下知しなければならないとは何とも情けないものだと目と口が言っているようであった。

陣容を整えた北条・武田連合軍は力づくで松山城の攻略にとりかかった。二万七千の兵があげるときの声は、谷や峰に響き渡り、さながら天地を揺るがすかと思えるほどであった。だが、城中は不気味なほどに静まり返ったままだった。寄せ手が急峻な崖をよじ登って攻めてきたが、三楽斎はこれを十分に引きつけておいて、鉄砲二百挺で狙い撃ちした。混乱した敵にさらに弓隊がいっせいに矢を射かけたので、敵は退散した。

ほうほうの体で逃げてくる兵に武田信玄は大いに怒り「絶対に攻め落とせ」と下知したので、武田勢は奮起し、水の手を切ることに成功した。

三楽斎は本曲輪から戦況を見ながら部下たちに下知していた。そこからだと敵の動きが手に取るようにわかるのである。もちろん城の裏手にあたるからめ手の方角は見えないのだが、下の敵の様子からある程度は予測できた。今のところ、三楽斎の思惑通りに戦況は動いているように見えた。

その時、家来の一人があわてた様子で三楽斎の近くに来てかしこまった。

「申し上げます。先ほど、武田の兵に水の手を切られましてござります」

「何と！」

振り向いた三楽斎は一瞬、驚きの表情を見せたが、すぐに卵型の顔は苦痛にゆがんだ。まさか水の手を切られるとは三楽斎といえども予想していなかった。生命線である水の手を切られては、長い籠城には耐えられない。三楽斎の顔にはみるみる絶望感が広がり、ついには床几《しょうぎ》にへたり込んでしまった。

　それでも天が味方したのか、その年は冬にしては雨が多く、籠城している太田軍の兵たちはかめに雨水をできるだけ溜めた。椀まで持ち出し、すこしの水でも確保しようと努めた。その甲斐あって翌年の二月まで何とか持ちこたえた。だが、お天気任せでは前途多難であることに変わりはなかった。

　一方、北条・武田連合軍は圧倒的に有利な状況を作ったものの、相手を屈服させるまでには至っていなかった。決め手を欠いた戦況がつづく中で、安房・上総の戦いに釘付けにされていた里見義弘に余裕が生まれ、上杉謙信もすでに上州沼田に到着したという報がもたらされた。

　急ぎ北条氏と武田氏の重臣の間で協議が持たれた。

「両家が出張ってくれれば、城を攻め落とすことはできなくなる。といって、力攻めで落ちる城ではない。何か他の策を考えねばなるまい」

「それなら太田三楽斎を説得するしかあるまい」

「幸い、上杉謙信が近くまで来ていることは、三楽斎の耳には入っておるまい。理のわかる御仁であるから、援軍は望めないと言って聞かせれば、城を明け渡すのではないか」

「誰か、この役目にふさわしい者はいないのか」

　皆がしばし思案した後、武田方の重臣が口を開いた。

「それならば、武蔵の国の住人で勝式部少輔という者が適任と思う。勝は三楽斎とは旧知の間柄で弁舌も立つ。三楽斎も勝の言うことなら信用するのではあるまいか」

「ならば、その勝という者を呼んで参れ」

そうして勝式部少輔は呼ばれ、重臣たちから策を授けられた。さっそく籠城している太田方に使者を向かわせたい旨を申し入れると、太田三楽斎から返事がきて、勝式部少輔なら会ってもよいと言ってきた。勝は単身、城に乗り込んでいった。

本殿などが建つ本曲輪の片隅に小さな観音堂がある。勝式部少輔は、そこで待たされた。中は四畳半ほどの広さしかなく板敷である。勝はよろい姿であぐらをかいてすわっていた。かぶとはかぶっておらず、烏帽子をかぶっている。戦う意志のないことを示すためである。太刀は大手門を入ったところで取り上げられてしまい丸腰である。

しばらく待たされた後、観音堂の正面の扉が不気味な音をたてて開き、水色のしころ頭巾をかぶった太田三楽斎が姿を現した。従者二人は観音堂の外に控えた。

太田三楽斎はゆっくりと勝の正面にすわると、何も言わずニヤリと笑った。勝もつられて口元に笑みを浮かべた。

「そなたが使者に来るとは思わなんだ。いや、懐かしい。何年ぶりかのお」

「三年ぶりでしょうか。三楽斎殿もお元気そうで何よりです」

勝はまじめくさった顔をして軽く頭を下げる。

「何が元気なものか。おぬしらにぎゅうぎゅうしぼられて、生きた心地もせぬ有様じゃ」

三楽斎の愚痴に勝は取り合わず、すぐに本題に入った。

「さっそくですが、三楽斎殿にはすぐにでも城を明け渡して頂きたい」

三楽斎は何か言いたげに口を開きかけたが、勝はかまわず立て板に水といった調子で話を続けた。

「三楽斎殿はわかっておいででしょう。援軍が来なければ座して死を待つのみと。残念ながら援軍は参りませぬ。ご存知のとおり、今年は冬にしては雨が多く、また暖かったため雪解けも早く、利根川はとても渡れたものではなく、上杉軍は上州で足止めを食っております。里見殿は相変わらず北条と手を結んだ上総の豪族たちに手を焼き、領地を離れられぬ有様です。ですから三楽斎殿、城を明け渡して民と兵の安穏を回復してやってはくれませぬか。この勝に免じて何とぞよろしくお願い致しまする」

三楽斎は勝の話を聞いて、いちいち納得のいく内容だと思った。上杉氏も里見氏も援軍に駆けつけたくてもできない理由があるのを理解した。何より三楽斎は勝式部少輔を信頼していた。勝としても三楽斎をだまそうとして嘘を言ったわけではなかった。旧知の三楽斎を助けたいのは本心からであった。そのためには、嘘をつくこともいとわないというのが勝の考えだった。

「で、城の明け渡しの条件は？　わしの首でも差し出せというのか」

三楽斎は勝の話を無条件に信じたわけではなかった。

「滅相もございませぬ。北条氏康殿もわが主・武田信玄も、太田三楽斎ほどの傑物を死なせてしまうのはあまりにも惜しい。敵味方の枠をこえて、何としても助けたいとお二方とも口をそろえておっしゃっておりました。三楽斎殿は気位の高いお方なので、岩付城を召し上げるなどと言えば必ずや自害して果ててしまいましょうと拙者が言うと、もちろん岩付城も今まで通りにすると約束なさいました。ですから三楽斎殿、城を明け渡してくれさえすれば、それでよいのです」

三楽斎はしばし考えた。すこし出たあごを扇の先でこつこつたたいている。表情には満更でもない微笑のようなものが浮かんでいた。当代きっての二人の実力者から傑物と思われているのが、三楽斎の自尊心をくすぐったらしい。だが、実際には武田信玄は三楽斎は策におぼれ過ぎるという評価を下し、北条氏康は岩付太田氏の力はさほどでもなく倒す気ならいつでも倒せる、とにかく重要拠点である松山城を確保したいというのが本音であった。

「わかり申した。潔く城を明け渡そう」

太田三楽斎はふっ切れたようなさばさばした表情できっぱりと言った。

三月四日、太田三楽斎は千五百の兵とともに松山城を退去した。奇しくも同じ日に、上杉謙信は四千の兵を率いて松山城から東へ二里（約八キロメートル）の武蔵石戸（現・埼玉県北本市）に到着した。後に、上杉謙信は太田三楽斎がもう一日がんばっていれば、みすみす松山城を敵に渡すこともなかったと知り、悔しがることしきりであったという。

太田三楽斎は松山城を明け渡すと、上杉謙信が近くまで来ているのを知った。翌日、武蔵石戸まで出向いて上杉謙信と対面した。謙信は松山城落城の件で三楽斎を詰問したが、三楽斎は淀みなく自信たっぷりに弁明した。謙信は「三楽斎に落ち度なし」とあっさり結論づけて、それ以上は追及しなかった。ただやり場のない怒りの鉾先を三楽斎にぶつけてみただけであった。

上杉謙信は太田三楽斎を大いに気に入っていたし、頼りにもしていた。謙信はもともと伝統や格式を重んじる傾向があり、関東にも秩序のある体制を復活したいと考えていた。謙信が最初の越山で上州沼田に到着した際、まっ先に参陣してきたのは太田三楽斎であった。しころ頭巾というういで立ちは、白綾で頭を包んでいる謙信には親しみを感じるものであった。三楽斎が太田道灌の曾孫と聞いて、ますますこの人物に興味がわいた。文武両道に秀で新たな戦法を編み出した太田道灌を謙信は尊敬していた。そして、関東に不案内な謙信は、三楽斎に諸侯の動静やその時々の状況などをたずねた。三楽斎の説明を聞いて豊富な知識と的確な状況分析力を頼もしく思った。太田三楽斎は上杉謙信にとって関東における参謀ともいえる存在であったのだ。

それでも怒りの収まらない上杉謙信は太田三楽斎にたずねた。

「三楽斎、この近くで北条方の城はないか。城ひとつでも落とさねば、どうにも腹の虫が収まらぬ」

三楽斎は持っていた扇の先で机上の絵図をさし示しながら口を開いた。ちなみに今もっている扇は昨日使っていたものとは違うようである。

「それならば、ここより二里半（約十キロメートル）ばかり北にある小田朝興の守る騎西城《きさい》がよろしいかと。小田朝興は忍城の成田長泰の弟で、小田家に養子に入り家督を継いだ者でございます」

「わかった、小田朝興に恨みはないが、騎西城を攻めることにする」

上杉軍は太田三楽斎の案内で騎西城へ向かった。

騎西城はもともと古河公方奉公衆の佐々木氏が築いた城であるが、その跡を継いだ小田氏もまた古河公方の奉公衆であった。上杉謙信は一気に決着をつけようとしたが、城の周囲は沼や湿地帯で大軍を展開できず、また障子堀という格子状の浅いところとその間の深いところのある堀が巡らしてあるなど、なかなか防御が固く二日たっても攻略できなかった。

二日目の夕方、上杉謙信は城中を見渡すことのできる近くの丘に、太田三楽斎と上杉家重臣の本庄繁長を物見に出した。二人は数人の部下を連れて丘に上った。本庄繁長は二十歳そこそこの若者で、本庄氏は元は関東秩父氏の一族であった。

　丘の上からは城中の様子が手にとるように見えた。本丸と中の丸の間には大きな沼があり、長い橋がかかっていた。折しも白い着物姿の女性《にょしょう》が本丸へと橋を渡っていくのが見えた。女性はすらりとしており、長い髪をうしろで束ねていた。その姿は夕日に照らされ水面に映っている。

「美しい、まるで一幅の絵のようじゃ」

　本庄繁長は小さな目をうっとりとさせて見入っている。かたわらにいた太田三楽斎は、そんな本庄を横目でにらみ、あきれたような表情をした。

「本庄殿、そんなのん気なことを言っている場合ではありませぬぞ。敵方は女こどもまで堅固な城にかくまっているということでござる。さあ、急ぎ謙信殿にお知らせ申そう」

　本庄繁長は三楽斎に促されて、あわてて丘を下りていった。

　報告を受けた上杉謙信は三楽斎や重臣たちと協議し、こう決断した。

「よし、今夜、夜討ちをかける。皆の者、用意をいたせ」

　謙信は家臣たちに指示を出した。わざと一方の門の囲みをといて、その道に伏兵を配した。夜に入り新発田《しばた》長敦を頭として、兵二十人ばかりに長竹に提灯をつけて持たせた。兵たちは舟にのって沼を外曲輪から中の丸の塀の下へ行き、ときの声を上げて提灯に火をつけた長竹をいっせいに塀の上から中の丸へ差し入れた。中にいた女こどもは恐怖にかられて泣き叫び、橋を渡って本丸の方へ逃げていった。本丸の城兵も驚いて中の丸を見ると、提灯の明かりが昼間のように輝いている。中の丸は乗っ取られたと勘違いして動揺した。大手に向かった本庄繁長の隊は盛んに鉄砲を撃ち、城門を破って進んだ。城兵は上杉方の兵のいない門から出て落ち延びようとしたが、隠れていた伏兵に討たれたり捕らえられたりした。

夜が明けるのを待って、いよいよ上杉勢が本丸に攻め入ろうとした時、本丸から使者が出てきて降服を願い出た。忍城の成田長泰も太田三楽斎の陣に使者を送り、小田朝興とともに兄弟そろって上杉方につくことになった。謙信は、三楽斎の娘を成田長泰の嫡子氏長に嫁がせるように指示した。これにより両家はより固い絆で結ばれることになった。

謙信はさらに北条方に寝返った小山氏の居城である下野の祇園《ぎおん》城（現・栃木県小山市）へ向かった。

6

上杉謙信の次の標的とされた祇園城では混乱を極めていた。二年前、小山氏は上杉謙信の越山に乗じて公方御料所となっていた領地を回復した。小山家では高朝の子・秀綱が新当主となり、高朝は支城に退いていた。松山城落城を知って、高朝は実子である結城晴朝を通じて古河公方足利義氏に詫びを入れ、北条方となっていた。今回はそれが裏目に出た。

四月上旬にはいよいよ上杉謙信が祇園城に迫りつつあるという報が、結城晴朝にももたらされた。すぐに結城晴朝は水谷政村を伴い、兵五百を率いて小山氏の救援に向かった。

結城晴朝らが祇園城近くにたどり着いた時には、城は上杉勢に取り囲まれていた。「毘」の文字が大きく描かれた上杉軍の旗や、岩付太田氏の水色桔梗の旗の他に、紺地に金の扇を三つ描いた軍旗も見えた。常陸の佐竹氏の軍勢である。

「遅かったか……。佐竹まで出張ってきているとは」

結城晴朝は五、六千にものぼる敵の大軍を前に言葉を失った。

「これでは手の出しようがありませぬな。引き揚げましょう」

水谷政村は重瞳の目を晴朝に向けると冷静に言った。

「仕方あるまい。者ども、退け」

結城軍は一戦も交えず結城城へ帰った。

結城城の主殿の一室で、結城晴朝は水谷政村と今後の方針について協議した。晴朝が水谷政村に意見を求めると、政村はこう語り出した。

「こうなってはいったん上杉方につくしか方策はありますまい。このまま北条方にとどまっていては、結城城も祇園城のように攻められてしまいましょう。甚大な被害をこうむれば失地を回復するのに時がかかってしまいます。時の流れは早く、他家に後れをとり、取り返しのつかないことになりかねません。ここは一時、北条方から離れるしかありますまい」

水谷政村はそこで言葉を切ったが、浮かぬ顔の晴朝を見て、さらに続けた。

「北条方を離れるといっても一年かそこらのことでござる。このまま上杉の勢いが続くとは思われませぬ。お館さまもご存知の通り、戦には『天の時』『地の利』『人の和』の三つが大事と言われます。『天の時』は誰にもわからず、『人の和』は上杉・北条いずれも甲乙つけがたいものがあります。ですが『地の利』は上杉が圧倒的に不利でございます。お館さまは公方様に背くことに負い目を感じているのでしょうが、ここは結城家のためを第一にお考えになってはいかがでしょう。なに、ほんの一時のことでござる」

結城晴朝はようやく心が晴れた気がした。代々結城家は古河公方に忠心を尽くしてきたので、自分の代で公方に背くことに後ろめたい気持ちをいだいていたようだ。

「わかった。政村殿の言う通り、いったん上杉につくことにしよう」

水谷政村は晴朝の姉を妻としていたが、その妻が死去したため剃髪していた。水谷政村は晴朝より十歳年上で、もうじき四十になろうとしていた。

「ところで政村殿」

結城晴朝は何の憂いもなくなったような丸顔を政村に向けた。

「何でござる、お館さま」

「政村殿との間柄で、そのお館さまというのは何だかくすぐったくての。他に違う呼び方はないものかの」

政村は重瞳の目をきらりと光らせると、

「お館さま、おそらくこの名で呼ばれるのがお館さまにとっては一番でござりましょう」

政村は意味ありげな顔をして、なかなか言い出さない。

「何じゃ、もったいぶらずに早く申せ」

「さすれば、呼びまするぞ……。副帥殿」

「うッ……」

結城晴朝は思わず大きな目を丸くし、天にも昇るような恍惚とした表情になった。

副帥というのは古河公方に次ぐ地位で、公方を補佐する役割があった。あくまで俗称に過ぎず、正式な役職ではないが、最初に名のったのは里見氏であった。結城晴朝は「自分こそ副帥にふさわしい」と常々考えていた。

「さすがは政村殿。わしの心もお見通しとは恐れ入った。じゃが、どうしてわかったのじゃ」

「それはおのずからわかりまする。副帥殿の言葉のはしばしには、何かと『公方様を支えているのは結城家だ』とか、氏朝公の結城合戦の話やらが出てまいりますからな。それに、里見義通公が『大旦那副帥源義通』などと棟札に書き付けるなど僭越だといってお怒りになられていましたし……。まあ、好いた女御《おなご》のことが言葉のはしばしや態度に出てしまって、おのずと周囲に知れてしまうのと同じでございましょう」

政村はそう言ってにやりと笑った。

「いや、これは一本とられましたな。好いた女御のことを本人は隠しているつもりなのに、近くの者は皆気づいているということは確かにありますからな」

二人は顔を見合わせると大笑いした。

こうして結城氏は、戦に負けた小山氏ともども上杉方となった。

祇園城は三日で落ちた。あまりにも早い落城に武田信玄は「秀綱早々に降参、未練是非なく候」と書状に記し、最初から期待していなかったかのような感想を述べている。上州小泉城主・富岡重明が小山高朝の子で秀綱の弟であったので、和睦を取り持った。結城氏も秀綱・重明の仲介で上杉傘下に入った。

祇園城では上杉方の面々が集い、戦勝祝いのささやかな宴が開かれた。戦が終わったばかりなので皆、甲冑姿のままである。城の台所にあった酒がふるまわれ、するめを肴《さかな》に酒を飲んだ。

上杉謙信は酒を絶っているので、隣にいる太田三楽斎と何やら話し込んでいた。すこし離れた向かいの席に、ふくぶくしい顔をほころばせている佐竹義昭がすわっていた。腰に下げた布の袋から何やら出して皮をむいて口に運んでいる。どうやら焼き栗のようだ。佐竹義昭は甘いものに目がなく、夏はいつも冷水を満たした桶にウリを入れている。冷やしウリがないと機嫌が悪くなるという噂である。現代風に言えば〝戦国のスイーツ男子〟といったところか。その脇には側近の岡本禅哲が鎮座し、目をぎょろつかせて参加した面々を観察している。口を真一文字に結び、がんこ一徹な印象を与えていた。佐竹義昭は三十歳ぐらいで、岡本禅哲は二、三歳上のようである。

二、三十年前の天文年間の中ごろ（一五三〇〜四〇年代）には多くの家で父子や兄弟どうしの争いが相次ぎ、それをいち早く克服した佐竹氏は他家に先んじて攻勢に出ることができた。磐城や白河といった南奥に進出するとともに、常陸を佐竹氏と二分する南の小田氏攻略に向かった。常総の内海（現・茨城県霞ケ浦、北浦）の南に位置する江戸崎（現・同稲敷市）の土岐氏、筑波山の西の真壁《まかべ》氏、府中（現・同石岡市）の大掾《だいじょう》氏と相次いで同盟を結び、小田包囲網を形成した。当初、佐竹氏は上杉謙信の越山の際には陣代を送るだけで距離をとっていたが、今回の祇園城攻撃にあたっては自ら出陣してきて上杉方としての旗色を鮮明にした。

佐竹義昭はあいさつのために、上杉謙信の前まで行った。謙信は機嫌がよく、佐竹義昭の出陣をねぎらった。そして、太田三楽斎を紹介した。謙信の言葉のはしばしに三楽斎に対するほめ言葉が顔をのぞかせ、全幅の信頼を置いているのが義昭にも伝わってきた。とりわけ太田道灌の血筋を引くため、戦術にたけたまれに見る知将であることを謙信は強調した。

佐竹義昭は改めて太田三楽斎をよく見てみた。水色のしころ頭巾をかぶり、ややたれ気味の目はおだやかであり、口元には微笑を浮かべて、手に持った扇を閉じたり開いたりしている。外見からは特に目立った印象を義昭は受けなかった。

「以後、お見知りおきを」

義昭が軽く頭を下げると、三楽斎はすばやい動きで扇を腰に差した。その優美で流れるような所作に義昭は目を見張った。

「こちらこそ。ところで佐竹家の家紋である扇はどのような由来があるのでしょうか。後学のためにお教え願えませぬか」

三楽斎はたれ気味の目に興味津々といった色を浮かべて義昭にたずねた。義昭が、源頼朝から賜った扇を旗に付けたのが家紋の由来だと答えると、三楽斎は「ははあ、なるほど」と言って、感心しきった顔をして何度もうなずいていた。佐竹義昭はすこし鼻が高かった。義昭は横にいるがんこ一徹で融通のきかない岡本禅哲の顔をちらりと見ながら、三楽斎のような知略に富んだ武将が佐竹家にも欲しいと思った。

その後、上杉謙信は佐野氏の唐沢山城もあっさり攻略すると、城代に信のおける本庄繁長を置いた。そして、厩橋《うまやばし》（現・群馬県前橋市）を経て、四月下旬に越後へ帰っていった。

太田三楽斎は岩付にもどると、北条氏の目をはばかって、しばらく鳴りをひそめていたが、その間にも次に打つ一手を考えていた。秋になると、江戸城の太田康資《やすすけ》が城主になれないことに不満をいだいているという噂が聞こえてきた。太田康資は太田道灌の直系の曾孫であり、それだけに江戸城主だった道灌と同じく自分も城主になって当然だと考えていた。ところが、北条氏康は太田康資の武勇は高く買っていたものの、城主にするにはいま一つ何かが足りないという評価を下していた。それで、江戸城主には遠山綱景をすえたのである。

太田三楽斎は太田康資を味方に引っ張り込もうと考えた。

晩秋のある日の早朝、太田康資は弟の源四郎と側近の本川直之進を伴っただけで江戸城を出立した。岩付までは九里（約三十六キロメートル）ほどの道のりで、岩付城に着いたのは夕刻であった。

太田康資たちが広間でしばらく待っていると、水色のしころ頭巾をかぶった太田三楽斎が部屋に入ってきて上座にすわった。いっしょに入ってきて横向きにすわった二人の若者は、三楽斎の息子たちであろう。

太田康資たちは平伏した。

「康資殿、よう参られた」

三楽斎のすこし鼻にかかったような声に、太田康資は顔を上げた。

「北条家家臣、太田康資にござります」

太田康資はまっすぐに太田三楽斎を見た。いくぶんたれ気味の目はおだやかであり、さして上背があるとは思えなかった。対する太田康資は身の丈六尺（約一八〇センチメートル）以上の大男で、筋骨たくましい剛の者であった。康資は曾祖父の太田道灌がどちらかというと小兵だったのに対し、自分は道灌をも凌ぐ怪力の持ち主だと自負していた。そのため、三楽斎に対しても侮るような気持ちが湧いてくるのだった。

（道灌公の血筋を引いているにしてはあまりに違い過ぎる。三代を経ると、こうも差が出てくるものだろうか。果たして、この三楽斎という男は信のおける人物なのだろうか）

三楽斎を見つめる康資の目には疑いの色が浮かんでいた。対して、太田三楽斎の目は鋭いものに変わり、片方の口角を上げた口元にはみるみる笑いが広がっていくのであった。

第二章　暗転

1

江戸城の東側には平川が流れ、蛇行して南の日比谷入り江に注いでいた。北側の城門の前には常設の市場が立ち、活気に満ちている。道の両側には、土蔵や屋台のような床店《とこみせ》が続いていた。これが平川宿である。

その一角に法恩寺はある。永禄六年（一五六三）の暮れもおしつまったその日、江戸城の重臣である太田康資は、末弟の源四郎たちと法恩寺を訪れていた。法恩寺は康資の父が約四十年前に建立したもので、太田家では折にふれて仏事をとり行っていた。その日は、先祖の回向と病死した弟の源三郎資行の四十九日法要がいとなまれた。甥の源七郎は所用のため法要に参加していなかった。

法事が終わると、あたりは薄暗くなりかけていた。太田康資は末弟の源四郎を伴って、寺域の隅に建つ番神堂という小堂に席を移した。一族だけで重要な事柄を評定するのに利用していた。信のおける家臣数名を交えた前で、太田康資は北条方を離れ、岩付の太田三楽斎や房総の里見氏と連携して江戸城を乗っ取る計画を明かした。

約一ヶ月前、太田康資は弟の源四郎とともに、太田三楽斎の招きで岩付を訪れていた。

上座にすわった三楽斎は太田康資の顔を見た。康資の目には疑いの色が浮かんでいた。知将として誉れの高い三楽斎を初めて見る者は、その凡庸そうな風貌に疑念をいだくのが常であった。太田康資も同様の反応を示したので、三楽斎は苦笑を禁じ得なかった。そして、身の丈六尺以上の大男である康資は、おそらく中肉中背の三楽斎を見くびっているに違いない。三楽斎は見た目で人の価値を判断する康資をおろかな凡人とさげすみ、口元にはみるみる笑いが広がっていくのであった。

そうした心中とは裏腹に、三楽斎は「太田康資ほどの偉丈夫が城持ちでないのは明らかにおかしい」と同情してみせたのであった。三楽斎は里見氏との連携を深めており、自分たちの陣営に太田康資を引っ張り込むため、康資の自尊心をくすぐったのであった。そして、同じ太田道灌公の血筋を引く者どうし、よしみを通じ合おうではないかと誘った。

太田康資は最初の印象こそ三楽斎の力量に疑念をいだいたものの、話してみれば康資の心の内を十分に理解してくれているようでもあり、自分の力を認めている様子もうかがえて、すっかり三楽斎を信用するようになっていた。しかも、同じ血筋ということで三楽斎が兄のようにも思えてくるのであった。

ひとしきり表向きの話が済むと、奥の八畳間に座を移して、三楽斎は女中たちに酒席の膳を持ってこさせた。

酒もすすんで皆が打ち解けた雰囲気になってくると、三楽斎はいささか酔いのまわったたれ気味の目にいたずらっぽい色を浮かべて、太田康資と源四郎を交互に見て言った。

「ところで、わしの『三楽』とは何かおわかりかな」

太田康資はすこし考えてから、

「さようですな、三楽斎殿はお見受けしたところ酒がお好きなようですから、一つは酒でござりましょう」

三楽斎は満足そうにうなずいて、

「うむ、それから」

源四郎が間髪を入れずに口を開く。

「部屋の隅に碁盤が置いてありますゆえ、もう一つは碁ではありませぬか」

三楽斎はニヤリとして、

「ほほう、お若いのに目の付けどころがよろしいですな。末が楽しみじゃ」

源四郎は三楽斎にほめられて、素直にうれしそうな顔をした。

かたわらにいた太田康資の側近である本川直之進が勢い込んで口をはさんだ。

「さすれば、『飲む』、『打つ』ときたからには、最後は『買う』でしょう」

そう言って小指を立てた本川直之進を見た三楽斎の顔からはにこやかな表情が消えて、さげすむような色が目に浮かんだ。

「そこらの下衆《げす》と、この三楽斎をいっしょにされては困る」

三楽斎は立てひざになり、腰に手をもっていった。脇差に手をかけるように思われたので、一同の間に緊張が走った。とりわけ本川直之進は自分の言動が三楽斎の逆鱗にふれてしまったようなので、その狼狽ぶりは見ていて気の毒なほどであった。

だが、三楽斎が腰から抜いたのは脇差ではなく、その隣に差していた扇であった。

「最後の『楽』とは、これよ。扇の収集じゃ」

一同はあっけにとられ、しばらく誰も言葉を発しなかった。三楽斎はと見ればニヤニヤ笑っている。こういう展開になると、最初から予想していたようである。康資は三楽斎と顔を見合わせると二人して大笑いし、源四郎と本川もほっとしたような笑みを浮かべた。

当時、扇のことを「五明《ごめい》」と言って、暑い時にあおぐだけでなく、刀なくして敵を退けるのに用いるなど、五通りの使い道があり、武士にとってはなくてはならないものであった。

翌朝、三楽斎は康資たちを客間からすこし先へ行ったところにある細長い四畳ほどの小部屋に案内した。部屋の両側の壁面には棚のようなものが取り付けられていて、百以上の扇が飾られていた。どれもこれも意匠をこらした色とりどりの見事なものばかりで、康資は感嘆しきりであった。三楽斎はそんな康資を見て、満足そうな顔をしていた。

そして、太田康資たちは充実した思いで三楽斎のもとを辞したのであった。

太田康資たちは法恩寺の番神堂で、太田三楽斎や里見氏との合流のしかたなどについて評定を続けていた。

小さな番神堂におおいかぶさるように、大きなさるすべりの木が枝を広げていた。すっかり葉が落ちてしまった枝は、月明かりに照らされて奇怪な黒い影となっていた。

法恩寺の住職は大檀那である太田家の人々にあいさつがてら番神堂の近くまでやってきた。中から話し声が聞こえてくる。住職は足を止めてつい聞き耳を立てた。驚いたことに、どうやら謀反の計画らしい。住職は江戸城に知らせなければと思い、あわてて引き返そうとしたが、暗い中で木の根につまずいてころんでしまった。物音がして、同時に番神堂の中の話し声もぴたりとやんだ。住職はしばらくの間ころんだままの姿勢でいたが、やがて音をたてないように起き上がると姿勢を低くしてその場を立ち去った。

番神堂の入口の戸が音もなく開くと、中のぼんやりとした明かりを背にした人影が姿を現し、外の様子をうかがっている。その時、小動物が番神堂から二間（約三・六メートル）ばかり離れたところを横切り走り去っていった。

「どうやら、たぬきのようです」

重臣の西部勝蔵がほっとしたように言う。

「上州館林《たてばやし》の茂林寺には、たぬきが化けた僧がいるという噂じゃ。よもや法恩寺の住職もたぬきではあるまいの」

本川直之進が背後から声をかける。

「たわけたことを……。どこで、そんな話を聞いてきたのじゃ」

康資があきれたようにとがめる。

「さて、どこだったか……。母上から子守唄代わりに聞いたような気もするが」

本川直之進は宙を見つめる。

「そんなことはどうでもよい。話の続きをせねば……。それにしても源七郎は遅いの」

康資は太い眉の間にしわを寄せて、ひとり言のようにつぶやいた。

その頃、康資のおいの源七郎は法恩寺への道を急いでいた。すでに戸締まりした店が建ち並ぶ平川宿を抜けると、すこし先の左手に法恩寺の山門が見えてきた。源七郎が山門をくぐろうとした瞬間、奥の暗がりからとび出してきた人影とぶつかりそうになった。その人影は源七郎の脇をすり抜けていったのだが、源七郎のことなど目に入らなかったらしく、江戸城の方角へと走り去っていった。

（あれは、まぎれもなく法恩寺の住職だ。それにしても、あの急ぎようは只事ではない）

源七郎はいぶかしんだが、約束の刻限にだいぶ遅れていたので先を急いだ。

源七郎が番神堂に着いて入口の木戸をたたくと、中から「入れ」という康資の声がした。背をかがめて中に入ると、皆が顔を向けてきた。

「遅いではないか、源七郎。待ちかねたぞ」

康資が鋭い視線を送ってきた。

「申し訳ござりませぬ」

源七郎は軽く頭を下げる。

「まあ、よい。そこへすわれ。あらかた話はついた」

康資は源七郎を促す。源七郎は腰を下ろすと、茶をひと口すすってから語り出した。

「ところで先ほど、法恩寺の住職が血相を変えて江戸城の方角へ走っていきましたが、何かあったのですか」

康資と源四郎は神妙な表情になり顔を見合わせると外に出た。源七郎たちも二人につづいた。すこし行った木の根元あたりで、康資は何かを踏んだ。地面をよく見ると、じゅずの珠が散らばっている。

「さては、聞かれたか」

康資が暗がりの中で舌打ちする。

「これは遠山殿に注進に行ったに違いありませぬ」

源四郎が応ずる。

「急がねばなるまい。一同、各々の屋敷にもどり、ただちに岩付をめざせ」

康資は皆の顔を見回しながら、きっぱりと言った。

「今から半時ののち、大橋のたもとで落ち合おう」

法恩寺の住職の報告を受けた江戸城主の遠山綱景は、急ぎ配下の者たちを法恩寺に向かわせたが、番神堂はもぬけの殻だった。

2

北条氏が太田三楽斎の岩付城を攻略しようと動き出すと、三楽斎はたまらず上杉謙信に出陣を要請したが、謙信は応ずることができなかった。謙信は代わりに里見氏に再三にわたり出陣を促したが、里見氏もなかなか重い腰を上げなかった。足利一門としての自負が謙信の指示に従うことを拒んだようだ。それでも里見義弘は、永禄六年（一五六三）十二月には下総国府台《こうのだい》（現・千葉県市川市）に進出した。それは、上杉謙信の要請に従ったのではなく、北条氏の支配している葛西城（現・東京都葛飾区）を奪って、武蔵への進出の足がかりを築くためであった。

葛西城は武総の内海（現・東京湾）の奥まったところにあり、川をさかのぼれば古河公方の支配領域である古河や関宿に通じ、さらに銚子へもつながる重要拠点であった。それだけに、これまでも幾たびか北条氏と岩付太田氏・里見氏連合の抗争の場となり、その支配は二転三転していた。

国府台は、すこし上流で荒川（現・元荒川）と合流した利根川（現・江戸川）を眼下に見下ろす切り立った崖の上にあった。二つの大河が合流した川は水量が多く、近くには〝からめきの瀬〟と呼ばれ、水が勢いよく流れる音が轟く浅瀬があった。

里見軍は里見義弘を大将に、配下の正木信茂など六千の軍勢、太田軍は岩付の太田三楽斎と太田康資の軍勢合わせて二千、計八千であった。ちなみに〝槍大膳〟と恐れられた正木時茂は三年前に死去しており、嫡男の信茂が参陣している。正木信茂といえば、かつて里見家の危急を上杉謙信に知らせ越山を実現させた功績が思い出される。また、里見義弘の父義堯は老齢のため参加していない。

木々の葉がすっかり落ちた国府台の雑木林の一角にある空き地には、里見軍の本陣が作られている。時おり冷たい風が雑木林を吹き抜けていき、本陣の幔幕をはためかせた。

中央に置かれた畳一枚ほどの台の上には絵図が広げられ、里見義弘、正木信茂、重臣の冬木丹波守、天羽左衛門が絵図のまわりに集まり作戦を練っていた。皆、甲冑姿に身をかためていた。

そこへ家来の者が幔幕が途切れた入口から入ってきて、里見義弘たちの前で片ひざついてかしこまった。

「申し上げます。ただいま太田三楽斎殿がご着陣いたしました」

里見義弘たちは一様に絵図から顔を上げた。義弘は勝ち気そうなまなざしを家来に向けると、ひきしまった表情でうなずいた。正木信茂はほっとしたように大きな目をなごませた。

やがて降り積もった落ち葉を踏みしめながら、太田三楽斎たちが姿を現した。その後ろには長身の太田康資、三楽斎の宿老の黒川権左衛門、康資の弟・源四郎、おいの源七郎が続いていた。一同は、里見義弘たちの近くまで来て向き合った。

「三楽斎殿、よう参られた」

里見義弘は角張った顔をほころばせた。

「三楽斎殿がご出馬とあれば、千人力でござりまするな」

若い正木信茂も頼もしそうに三楽斎を見た。四十を過ぎた三楽斎はこの中では最年長で、里見方でも敬意をもって迎えたのであった。

水色のしころ頭巾をかぶった太田三楽斎は、たれ気味の目を細めながら里見義弘たちに太田康資を紹介した。

「こちらが、こたびわが方に合力してくださる太田康資殿でござる」

「太田康資でござる。以後、お見知りおきを」

太田康資は大きなどら声で名のった。

「おお、噂には聞いておりますぞ。関東でも指折りの剛の者だと。見るからに、噂にたがわぬ武者ぶりですな」

里見義弘も長身でがっしりした体格だったが、太田康資の前ではひとまわり小さく見えた。

正木信茂は黙って軽く頭を下げただけで、大きな目で康資をまっすぐ見つめた。正木信茂は身長こそ太田三楽斎と同じぐらいで六尺を超える大男の太田康資とは比べものにならなかったが、怪力で知られるだけあって筋骨たくましい体格は康資に引けをとっていなかった。太田康資もそんな正木信茂を好敵手と見たようで、眼光鋭い視線を正木信茂に注いでいた。だが、二十歳を過ぎたばかりの正木信茂の若い顔を見ているうちに弟の源四郎と同じぐらいだと思ったのか、あぐらをかいた鼻の上にしわを寄せて不敵な笑いを浮かべた。正木信茂も気が抜けたようにひとつ息をはくと、視線をはずした。

「では、評定を続けましょうかの。三楽斎殿、何かいい策はありませんか」

里見義弘は皆を促し、太田三楽斎たちを加えて再び絵図を囲んで評定にもどった。

対する北条軍は二万と伝えられ、利根川をはさんで国府台の里見・太田連合軍と対峙した。

北条氏康を筆頭に、息子の氏政、氏照、氏邦の他に、黄色の地に「八幡」と書いてある〝地黄八幡〟の旗で知られる北条綱成《つなしげ》、宿老の松田憲秀などそうそうたる顔ぶれである。

北条軍では当初、山内・扇谷上杉と古河公方の大軍を破った河越夜戦の功労者である北条綱成が先陣と決まっていた。そこへ、江戸衆と呼ばれる遠山綱景と富永康景が北条綱成と松田憲秀の陣へやってきて、先陣を願い出た。同じ江戸衆の太田康資が敵方に回ったため、責任を感じてのことだった。

北条綱成は、これをあっさりと許可した。

「綱成殿、もうすこしお考えになられては」

松田憲秀は納得しかねる態度を示した。

だが、綱成はこう言って説得した。

「遠山殿たちの気持ちはよくわかり申す。われらはこれから先も幾度も先陣の機会はありましょう。こたびは遠山殿たちにお任せいたそうではありませぬか。要は敵を打ち負かすことこそ第一と考えまする」

これには皆、納得するしかなかった。

永禄七年（一五六四）正月七日、戦いの火ぶたは切って落とされた。夕刻、里見方は国府台のふもとに出していた軍勢を山上に引き上げた。北条方はこれを退散と見たが、実は里見方の罠だった。

先陣を仰せつかった遠山綱景と富永康景は血気にはやって、これを追おうとした。利根川を渡り、国府台の崖下につめ寄った。夜明けを待って、真間の坂と呼ばれる坂を途中まで攻め上ったところ、鉄砲を並べて待ち伏せしていた正木信茂隊にねらい撃ちされて、多数の犠牲が出た。正木隊は勢いに乗じて攻め下ってきたので、北条方は混乱をきたした。

里見方の代表的な武将である太田康資も戦いに加わっていた。北条方の老武者・清水太郎左衛門と一騎打ちになったが、太刀の名人といわれる清水に太刀をつば元でへし折られてしまった。やむなく太田康資は得意の八尺余りの鉄棒を持ちだし馬に乗り、鉄棒を振り回して二十人ちかくをなぎ倒した。

そこへ遠山綱景が馬に乗って、太田康資の前に現れた。

「見事だな、新六郎」

新六郎は太田康資の幼名である。

「だが、馬に罪はない。愚かな殺生はやめて、わが軍門にくだれ。わしが旧領安堵を申し出てやろう」

太田康資は不敵な笑いを浮かべた。

「愚かなのは、そっちだ。大事を思い立った拙者が、二度と北条方にくだるわけがあるまい。目にもの見せてくれるわ」

そう言って、鉄棒を力いっぱい遠山めがけて打ち込んだ。

遠山はたまらず深田の中になぎ倒されて起き上がれなかった。あまりの衝撃にかぶとが砕け、首が胴にめり込んでしまったのだ。遠山綱景は五十一歳、一瞬にしてあの世に旅立ってしまった。同じく、北条方の先陣である富永康景も討ち死にした。

里見方の正木信茂は〝槍大膳〟と恐れられた時茂の嫡男だけあって、怪力で知られる武将である。正木信茂は馬に乗って戦っていたが、二人の敵が左右から駆け寄ってきたのを、一方をかぶとの真ん中を打って切り落とし、もう一方を返す刀でなぎ払った。このように里見方では、名だたる武将たちがその名に恥じない働きを見せた。その日の合戦は、里見・太田連合軍の勝利で終わった。

七日夜、北条綱成はかがり火のたかれた陣で、松田憲秀と話していた。

「聞くところによると、国府台の西北側は川から一気に切り立った崖がけわしい地形をつくっているが、反対側の東南はなだらからしい。敵の背後にまわって襲いかかり、同時に正面からも攻めれば勝利は間違いないと思うが、いかが」

松田憲秀も賛同した。

「それは妙案、さっそくお館さまに申し上げよう」

北条氏康も大いに喜び、北条綱成、松田憲秀の両将に氏政をつけて、敵の背後にまわるよう下知した。北条綱成たちは深夜のうちに上流のからめきの瀬を渡った。雲にかすんだおぼろ月のほのかな光を頼りに、水量の多い急流を二千の兵が黙々と渡っていった。ごうごうと鳴り響く水音はすさまじく、流れに足をとられないように兵たちは必死だった。やがて、無事に目的地に到着した。

北条綱成は部下に敵陣の様子を探らせた。敵は緒戦の勝利に浮かれて、酒を飲んで油断しているという。

小雨が降り出す中、北条綱成たちの隊はときの声を上げた。それを合図に正面からも攻め上ったので、里見方は大いにあわてた。軍勢を二手に分けざるを得なくなり、いきなり苦戦に陥った。

それでも里見義弘や太田三楽斎は百戦錬磨の強者であるだけに勇敢に戦った。

里見義弘はほまれ高い名馬を駆って敵三騎を討ち取ったが、流れ矢に当たって馬がひざを折ったので、馬を捨てざるを得なくなり茫然と立ち尽くした。そこへ、安西伊予守という家来が駆けつけ、義弘を自分の馬にのせて逃がした。安西は「われこそは里見義弘である」と名のり、奮戦して討たれた。里見家伝来の名刀もこのとき失われたという。

太田三楽斎は手傷を数ヶ所に負いながらも、粘り強く戦っていた。前日、太田康資の太刀をへし折った清水太郎左衛門の嫡男又太郎と組み打ちになった。三楽斎は又太郎に投げられてあお向けに倒れ、馬乗りに組み伏せられてしまった。又太郎は脇差を抜いて三楽斎の首をかこうとしたが、何かに当たって仕損じた。

組み伏せられていた三楽斎はニヤリと笑って、

「わが首には鉄ののど輪がはめてある。はずさねば、首は取れぬぞ」

又太郎は必死にのど輪をはずそうとしたが、ぴったりはまっていてなかなか取れない。そこへ、三楽斎の近習である舎人孫四郎と野本与次郎の二人の若武者が駆けつけ、又太郎を引きはがした。三楽斎は容赦なく又太郎を討ち取り、二人の若者とともに落ち延びていった。

正木信茂はおびただしい北条勢に囲まれてしまい、馬上で歯がみした。味方の手勢は二十数人を残すのみである。信茂は敵四騎を切って落としたが、追ってきた敵と組み合いになって二人とも馬の間に落ちた。信茂は左手で敵を押さえつけたが、馬から落ちた時に右腕を骨折したため、太刀を取ることができなかった。怪力に物を言わせて左手一本でひねり殺そうとしたが、下から敵に三度刺された。さすがの信茂もはね返されて討ち取られた。正木信茂は二十四歳の若さで、短い生涯を閉じてしまった。

太田三楽斎は岩付にもどれず、里見氏を頼っていったん上総に身を引いた。

春になって上総土気城（現・千葉市）の酒井胤治《たねはる》の尽力によって、ようやく岩付への帰還がかなった。酒井胤治は国府台合戦で北条氏に反旗をひるがえし、里見氏の上総への退却を助けたと言われている。

激戦を制した北条氏は、岩付の太田三楽斎に対する圧力をいちだんと強めることになる。

勢いにのった北条氏はさらに北をめざそうとした。永禄七年（一五六四）四月、会津の葦名盛氏《もりうじ》から北条氏に「下野の那須氏で内紛が起きているので那須を攻める。ひいては北条殿に下野の小山、宇都宮近辺に出兵して宇都宮氏らをけん制してくれると有り難い」という依頼がきた。

北条氏にとっては渡りに舟の話で、北条氏政はさっそく八千の兵を率いて四月中旬に古河に到着。ほどなく小山高朝・秀綱父子の拠る祇園城を攻めた。三日続けて攻め立てたが、城兵も必死に防戦したため、なかなか城は落ちなかった。

翌日、業を煮やした北条綱成はおなじみの〝地黄八幡〟の旗を背負って、単騎で小山勢の中へ突入し、またたく間に十人余を討ち取った。それを見て綱成の配下の者たちも負けじと突入し小山勢を蹴散らした。その勢いのまま城門を破って攻め入ると、たまらず小山勢はからめ手から逃げた。祇園城は北条の手に落ちてしまった。

北条氏政は祇園城に弟の氏照を入れた。氏照は滝山城や八王子城（いずれも現・東京都八王子市）を本拠としており、その軍事力や政治力を高く評価されていた。祇園城支配を皮切りに、北条氏の北関東進出の先鋒として活躍していくことになる。

五月に入ると北条氏は結城城に迫った。結城晴朝は水谷《みずのや》政村や山川勝範と協議し、北条氏と和睦した。一時、上杉方となったのは、やむを得ぬ便宜上のことだったので、すんなりと北条の傘下にもどった。

北条氏政は葦名氏の要請のとおり宇都宮へも足を延ばそうと考えたが、佐竹義重が宇都宮城に入り、守りを固めたという噂が流れてきたため取りやめとなった。

北条氏が次に向かったのは佐野の唐沢山城である。唐沢山城は上杉氏が関東へ進出する際の拠点であり、上杉方としては何としても死守する必要があった。北条氏は唐沢山城に迫ったが、城は山の上にあり、城兵が上から大石や枯木などを投げ落とすので攻略できなかった。北条の兵たちも暑さにへばっており、兵糧も乏しくなってきたため、北条氏政は陣を引き払い古河まで退いた。古河公方奉公衆の高修理亮、町野氏、和知氏らに古河城の修理を命じて、七月上旬には小田原にもどった。

北条氏といえども北関東の制圧は一筋縄ではいかず、八月に入ると早くも祇園城を放棄せざるを得なくなった。多賀谷、壬生、真壁、茂木氏ら、下総・下野・常陸の諸氏が連携し、佐竹氏からの援兵も得て、祇園城を奪還したのである。北条氏照は城から追い落とされ、小山高朝・秀綱父子が返り咲いた。

なお、太田三楽斎は七月に北条氏と結託した嫡男の氏資《うじすけ》によって、次男の梶原政景《まさかげ》ともども岩付城を追放されてしまった。

3

夜が明けきらぬ薄暗いうちから、境河岸（現・茨城県境町）では河岸で働く人々が動き出す。太陽が東の空に顔を出すころには、商店が軒を連ねる道を行きかう荷車の音と、人足たちに指図する商人や荷さばきを叱咤する親方の声が響き渡る。

境河岸では北関東の各地から集まってきた農産物が舟に積まれ、江戸近辺に運ばれていった。また、銚子から常陸川（現・利根川）をさかのぼってきた大舟から荷が下ろされたり、逆川を通ってさらに遠くへと運ばれる荷は境河岸のすこし先の積替え河岸で小さな舟に移されたりする。

常陸川に設けられた河岸から北へと細長くつづく街道沿いには、さまざまな商いの店、各地から来た商人を泊める宿屋、米をはじめ各種物資を保管する土蔵などが建ち並んでいた。また、街道の裏手には河岸で働く人足や船人たちが住んでいた。

うっとうしい梅雨が明けて三日目のその日は、朝から太陽が照りつけて暑くなりそうだった。

境河岸には二軒の回漕問屋があり、そのうちの一軒が大岩屋だった。回漕問屋というのは、荷を運ぶ舟の手配をする問屋のことである。河岸に近い街道沿いに店を構える大岩屋の店を入ってすぐの土間では、主人の大岩屋伝兵衛が送り状を手に忙しそうに船頭に船荷の種類や数量、船荷の行き先などを説明していた。船頭は送り状をもらって物資を管理している親方のところに行き、荷を受け取り人足たちに舟に積み込んでもらうことになっている。

折しも関宿に住む船頭の小七が、大岩屋伝兵衛から説明を受けているところだった。小七が大岩屋伝兵衛から送り状を受け取り、隣の土蔵に行こうとすると、甲冑姿の武士が二人の従者を連れて店の中に入ってきた。小七は立ち止まって武士たちを見た。武士はかぶとはかぶっておらず、烏帽子《えぼし》をかぶっていた。武士たちは大岩屋伝兵衛のところまで来て、小七たちと向かい合った。

「船頭、その送り状を見せろ」

武士は小七が腰をかがめて両手で差し出した送り状をひったくるように手にとると、小さな目でどんな小さな疑惑も見逃さないといった様子であらためた。

「大岩屋、米十二俵、八甫まで運ぶとあるが、それに相違ないか」

「へい、間違いございません」

大岩屋伝兵衛は色白の顔に笑みを浮かべて腰を折る。

八甫は逆川をとおって太日川に入り、すこしさかのぼって利根川（現・古利根川）から分かれる支流（現・中川）の途中にある。三十艘からなる船団が行きかう大へんに栄えた津であった。

「近ごろ、関宿の城に荷を運び込んでいる舟があるという雑説《ぞうせつ》があるが、よもや加担しておるまいの」

武士は鋭い視線を大岩屋伝兵衛と小七に送ってきた。小七は何食わぬ顔で伝兵衛を見た。伝兵衛は苦笑して、すこし大げさな口調で言った。

「布施様、めっそうもござりませぬ。送り状に書いてあるとおりでございますよ」

布施と呼ばれた武士はまだ何か言いたそうに送り状を手にしたまま、無精ひげの生えたあごを左手でなでまわしていた。

布施美作守《みまさかのかみ》は北条氏の家臣で、先ほど話題になった抜け荷の件を探索しているのだが、証拠をつかめぬまま無駄に時間をついやしていた。

永禄八年（一五六五）五月、前年に太田三楽斎を岩付から追放し、岩付城を事実上の傘下に収めた北条氏は、かねてから垂涎の的だった簗田氏の関宿城の攻略に乗り出した。約一万の兵で取り囲んだが、河川や沼に囲まれた関宿城は守りが固く、容易に落とすことはできなかった。

一ヶ月が過ぎても、時おり討って出てくる城兵は元気いっぱいで血色も良く、兵糧が十分に足りているように見えた。二千の兵が籠城するともなれば、いつまで続くかわからないので兵糧を節約するのが普通で、平時と同じ食生活をしているというのは考えられないことであった。それで、兵糧が城内に運び込まれているのではないかという疑惑が浮上してきたようだ。

「大岩屋、後で手の者に荷をあらためさせる。心せよ」

布施美作守はあきらめたようにため息をつくと、送り状を伝兵衛に返し、もういちど伝兵衛たちをにらみつけてから従者二人を連れて店を出ていった。

大岩屋伝兵衛は意味ありげに小七に目配せしながら送り状を小七に手渡した。小七は口をかたく閉じて黙ってうなずくと、隣の土蔵へ歩いていった。

幅の広い川には朝もやがかかり、対岸の関宿城はかすんで見えた。一万の兵に囲まれているとは思えないほど、何事もないように静まりかえっている。

河岸につながれた小七の舟に人足によって米十二俵が積み込まれると、布施美作守の従者二人が舟に乗り込んできて荷をあらためた。布施美作守はひと足先に陣中に帰ったらしい。

従者の一人はほおのこけた長身の男で、もう一人は赤ら顔の小柄な男だった。

おざなりに荷をあらためながら、長身の男がうんざりした様子でつぶやく。

「くる日もくる日も、こんなことをして何になるのかの」

「まったくだ。布施様にもうすこし頭を使ってほしいもんだ」

小柄な男は腰に手をあてて伸びをする。

「その頭がねえのさ」

長身の男はそう言って小七の方を見る。小七が思わず吹き出すと、二人の従者も大笑いし、かたわらにいた飛助もつられて笑う。小七たちと布施の従者たちはもう顔なじみになっていたのである。

飛助は舟の後方にあるわらむしろの下に隠しておいた酒の入った瓶子《へいし》を取り出すと、ひじで小七を突いて瓶子を手渡した。

「お侍さん、いつもお役目ご苦労様でござんす。これはほんの気持ちで」

小七は細い目の目じりにしわを寄せながら、長身の男に向かって瓶子を差し出す。

「おお、これはいつもすまんの」

男はほおのこけた顔をほころばせる。

「これだけが唯一の楽しみだて」

小柄な男も赤ら顔に笑みを浮かべる。

従者二人は舟を下りて、関宿への渡し船が出る方へ歩いていった。

しばらく何げなく二人を見送っていた小七は、我に返ったように飛助に声をかけた。

「さあて、そろそろ舟を出すとすっか」

舟は常陸川を離れて、積替え河岸を左に見ながら逆川に入る。船荷を満載した高瀬舟は喫水線が上がり、水深の浅い逆川では船底をすらないように細心の注意が必要だ。小七は巧みに棹を操りながら、周囲に目配りを怠らなかった。

速度をゆるめて反対側から来た舟をやり過ごすと、近くに舟が見えないのを確かめ逆川をそのまま進まず、左に分かれる細い水路に舟を入れた。水路は舟が一艘やっと通れるくらいの川幅しかなく、両側に生い茂る葦がおおいかぶさってきて積み荷に当たりざわざわと音をたてた。

狭い水路を抜けると沼の水面が広がり、その先に関宿城の二層櫓《やぐら》が見えた。沼の岸辺近くに一艘の高瀬舟がもやっており、舟には船頭とその相方と思われる男がたたずんでいる。男たちは小七たちの舟に気づくと、立ち上がって舟を近づけてきた。

舟が小七たちの舟に横づけされた。船荷はなくからっぽである。小七はあらかじめ川役人の高野大膳からもらってあった通行証を船頭に渡した。

「左吉、頼んだぞ」

「ああ、まかせとけ。小七も気をつけてな」

左吉は舟を出して、狭い水路へと消えていった。その後、関宿の船番所を通って八甫まで行くことになる。船番所では川役人の高野大膳かその配下の者が待っているはずだ。

小七たちは関宿城に米俵を運び込んでから、左吉たちの舟が帰ってくるのを待って、何食わぬ顔で境河岸にもどることになっている。大岩屋伝兵衛に受取状を渡すわけだが、それは八甫の津でもらったものではなく、簗田氏からもらったものになるはずであった。

このように関宿城の簗田氏と川役人、回漕問屋、船頭たちが連携して城中へ兵糧を運び込む手順がととのっていた。もちろん、北条氏としても船番所に監視役を張りつけていたのだが、境河岸の船荷改めとは別々に行われていたために、この巧妙なからくりを見破ることができなかった。関宿城攻めは北条氏にとって初めてのことだったので、地理に暗く城へとつづく狭い水路までは把握できておらず、ましてや城中と商人や船人たちの結びつきがこれほど密だとは思いもよらなかったのに違いない。それは、長年にわたって培われてきた簗田氏と舟運にかかわる人々との強い絆の証であった。


夕方から遠くの方で雷鳴がくすぶっていたかと思うと、闇が下りてからだんだんと近づいてきて、稲光が周囲を明るく照らした。雨粒が落ちてきたと空を見上げるうちに、すさまじい雷鳴がとどろき本降りになった。

四半時（約三十分）もすると、雨は安定した降りとなった。時おり漆黒の空に稲妻が走り、わずかな間隔ののちに雷鳴が聞こえた。

夕げを済ませた簗田晴助は、関宿城の一ノ曲輪にある主殿の居室を出ると回廊を渡り二層櫓へ向かった。急な梯子段をのぼって二階に上がると、しとみ戸をあけて外を見た。とたんに雨が吹き込んできて、晴助の顔をたたいた。晴助はとっさに顔をそむけたが、目を細めて再び外の様子をうかがった。

真っ暗で何も見えなかったが、闇を切り裂く稲妻が光ると、すこし先を流れる逆川の水面がおぼろげに浮かび上がった。ふだんならはるか遠くに境河岸の街の灯りがまたたくのが見えるのだが、この雷雨では街道沿いの店や家々は固く戸を閉ざして息をひそめているに違いない。城のこちら側は沼や川、湿地帯が広がるばかりで敵の姿はない。南の大手から東のからめ手にかけては、北条の兵一万に幾重にも取り囲まれてしまっていた。

籠城して一ヶ月が過ぎた。境河岸の商人や船頭たちが協力して兵糧を運び込んでくれているので飢えの心配はなかった。これも昔から簗田氏が自分の利益ばかりではなく、領民たちの生活が豊かになるように心を砕いてきたことが報われたのだと晴助は思った。

だが、簗田晴助の眉間のしわは日に日に深くなるばかりであった。北条方がいつまでも兵糧の運び込みに気づかないでいるとはとても考えられなかった。

「お館さま、そちらにおいでてござりましょうか」

下から家臣の声がした。

「かまわぬ。上がって参れ」

晴助が返事をしてしばらくすると、梯子段をのぼってくる音がして、河連国友が姿を現した。

河連国友はもともとは古河公方に仕える御雑色《おぞうしき》であったが、北条の息のかかった者たちが幅をきかせるのに嫌気がさし、関宿城に移って簗田氏のもとに身を寄せることになったのだった。御雑色だけでなく、御厩者《おうまやもの》の中にもそうした者が何人かいた。御雑色とは御所で公方に近侍し直接奉仕する中下級武士のことである。いざとなれば公方を守るために命も張るし、諸国への御使いもするなど、その役割は多岐にわたっていた。御厩者は御雑色より身分が低く、公方家の馬の管理と飼育を司る職能集団である。時には諸国への御使いもし、とりわけ身軽な地位を生かして忍びの役割も担っていた。

河連国友は簗田晴助の前で片ひざついてかしこまった。上げた顔は晴助より五歳ばかり若そうで、切れ長の目の他はこれといって特徴のない卵型だった。

「申し上げます。たった今、太田三楽斎殿がお見えになりました」

簗田晴助はきりっとした顔に驚きの表情を浮かべて河連国友を見た。何かの聞き間違いではないかといぶかしんだのだ。

「なんと、太田三楽斎殿と申したか。まこと、相違ないか」

「ははッ、間違いございませぬ。以前、大上様が相模にお移りになられた折に、三楽斎殿が古河城の城番として来られましたゆえ、拙者は三楽斎殿に会うておりまする」

晴助は合点がいったと見え、落ち着いた表情にもどった。

「そうであったか。いや、そちを疑ったわけではない。こんな雷雨の夜にお出でになるとは意外だったのでな」

「意外なことをなさるのが、あのお方で……。といっても拙者も最初は目を疑いましたが」

河連国友は笑みを浮かべた。

「お部屋にお通しいたしましょうか」

晴助はすこし考えてから、

「いや、ここへお通ししろ。酒とちょっとした肴をもって参れ」

「ははッ」

河連国友は一礼すると梯子段を下りていった。

(三楽斎殿が何用であろうか)

簗田晴助は腕組みをして考え込む風であった。

しばらくすると梯子段をのぼってくる音がして、水色のしころ頭巾をかぶった太田三楽斎が姿を現した。

三楽斎は晴助の前にどっかとあぐらをかくと、すこし鼻にかかった声で話し出した。

「いやあ、降られましたよ。坊主ずぶぬれ、袈裟《けさ》までびっしょりじゃ。河連殿に着替えを借りましてな。それで少々お待たせした次第、おわび申し上げまする」

なるほど紺色の帷（かたびら）を身につけている。帷というのは夏用の裏地のない麻布の小袖のことである。

晴助は相変わらずの三楽斎らしい戯言《ざれごと》めかした物言いと妙にへりくだった様子のちぐはぐさにとまどいながら聡明そうなまなざしを三楽斎に向けた。

「ははあ、僧の装束で来られたので、北条の包囲をかいくぐってここまでたどり着けたというわけですか」

「さよう」

三楽斎は口元に例のうす笑いを浮かべた。

当時、僧侶は敵中といえども通行は自由で、遠く離れた味方との連絡役として重宝がられていた。三楽斎はそのことを利用すれば関宿城に入り込めると考えたに違いない。

「ところで本日は何用で」

晴助が先ほどから疑問に思っていたことを口にすると、三楽斎は一瞬言いよどんだが、やがて淡々と語り出した。

「うむ、実は宇都宮へ行くことになり申した。それで関宿はその途中ということに思い当たり、簗田殿に久々にお会いしておこうと思いましてな」

「宇都宮に……」

晴助はそれだけが理由ではないように感じて言葉を切った。

そこへ河連国友ともう一人の中間《ちゅうげん》の者が膳を運んできて、晴助と三楽斎の前に置いた。それぞれの膳には瓶子に入った酒と土器《かわらけ》、するめにスベリヒユのおひたしが載っていた。スベリヒユは雑草だが、すこしぬめりのある美味な菜類として古くからよく食されていた。

「大したもてなしもできませぬが、何か腹が落ち着くものでも用意させますかな」

簗田晴助はおそらく三楽斎は夕げをとっていないだろうと思い気づかった。

「今はこれで十分でござる。急に押しかけてきて無理を言うのも何でござるが、後で何か用意して頂けると大いに助かり申す」

「国友、三楽斎殿の寝所に握りめしでも用意させておくように」

晴助は河連国友に指示した。国友と中間の者は一礼して梯子段を下りていった。

「まずは一献」

晴助が三楽斎に酌をする。

「かたじけない」

三楽斎も晴助に酌をして、二人して土器の酒を飲みほした。

「いやあ、体にしみますなあ」

三楽斎は目尻を下げてにこりとした。

「ところで、どのようないきさつで宇都宮へ」

晴助が話を元にもどす。

三楽斎は酒の余韻を楽しむようにすこし間を置いてから再び語り出した。

「宇都宮にはせがれの政景がおりましてな」

政景は三楽斎の二男で、上杉謙信が最初の越山で鎌倉の鶴岡八幡宮に参詣した折に梶原姓を賜った。梶原氏はもともと鎌倉公方の重臣であり、政景も梶原姓を名のったことにより古河公方の奉公衆ということになった。

「その伝手《つて》で宇都宮へと」

「さようでござる。簗田殿もご存知のように、わしもせがれの政景も嫡男の氏資に岩付城を追われてしまいましたから。わしは娘婿の忍《おし》城の成田氏長を頼り、政景は宇都宮殿を頼ったという次第」

三楽斎はそこで話を中断し、すこし寂しそうな顔をした。

太田三楽斎は北条氏との第二次国府台合戦に敗れたのち何とか岩付城にもどることができた

のだが、北条氏に内通した嫡男の氏資によって二男の政景ともども岩付城を追放されたのであった。氏資としても太田氏が岩付城を今まで通り確保するためには、北条氏の傘下に入るしか手はないと判断した結果であった。

「城を失うというのは、どういうお気持ちか察するに余りあるものがござりまするな」

晴助は三楽斎に同情を寄せる。

「それはもう簗田殿、悔しいというか悲しいというか、とても言葉では言い尽くせませぬ。一ヶ月ほど前にも岩付城を奪還すべく岩付の近くまで出陣致しましたが、身内から裏切者が出て岩付の氏資にわしの計略が知られてしまい、事を果たすことができませんでした」

三楽斎はその時のことを思い出したのか、悔しそうに歯がみをした。そして、酒をあおった。

「簗田殿もお気をつけなされませ。北条氏政は武士の情けを知らぬ男でござる。先代の氏康殿はそれでも相手の立場を尊重する気配りのできるお方でござった。四代公方晴氏様が相模に幽閉された時も、古河城の管理はわしら岩付衆に任せられた。そういえば、そのとき初めて簗田殿にお会いしたのでしたな。簗田殿をはじめ古河公方家奉公衆の方々などの反発を招かぬようにと北条直属の家臣ではなく、古くから公方様に従ってきたわしら岩付衆を送り込んだのでござった。ですが、氏政にはそうした配慮はまったくありませぬ。簗田殿、何としてもこの関宿城を死守しなければいけませぬぞ。関宿城は守りは固く籠城すれば敵も城を落とすのは難しかろう。水も豊富ときておるから、わしが松山城で水の手を切られたような心配も無用でござる。さすれば後は兵糧ですな。兵糧を城に運び込む方法を考えねばなりますまい」

太田三楽斎のたれ気味の目は鋭さを増し、たくらんでいるような色が表れた。何か策を考えているのであろう。

それに対して簗田晴助の顔にはいくぶん当惑気味の表情が浮かんでいた。知将の誉れ高い三楽斎がそこまで自分を心配してくれているのには感じ入ったが、すでに商人や船頭たちと協力して兵糧を城内に運び込んでいたので、それを言い出していいものかどうか迷っていたのである。

さすがに察しのいい三楽斎は晴助の様子に気づいて、

「む、もしやすでに兵糧を運び込んでおられるのですかな」

「はい、領民が助けてくれております」

「さすが簗田殿、相変わらず聡明でいらっしゃいますな」

三楽斎はそう言って屈託なく笑ったつもりだったが、何となくすこし寂しそうだった。

晴助は三楽斎の気持ちを察して話題を変えた。

「しかし、いつまでも籠城というわけにもいきますまい。やはり上杉謙信殿に越山してもらわねば」

三楽斎は元の冷静な態度にもどった。

「謙信殿とてそう何度も越山するわけにもいきますまい。越後はやはり遠すぎまする。すぐに兵を送るということもできかねまする。といって里見殿は先の負け戦でしばらくは期待できますまい。そこでじゃ、わしが宇都宮へ行くというのも、その後ろに控える佐竹殿を動かすためでござる。宇都宮殿は佐竹殿と同盟を結んでいますからな。宇都宮殿から佐竹殿に渡りをつけて頂こうかと。わしも一度、小山の陣で佐竹義昭殿にお目通りする機会がござった。見るからに人の良さそうな御仁でござった。佐竹殿ならわしらの立場も理解してくれましょう。何としても佐竹殿を引っ張り込む所存でござる」

「それがしからもお願い申します」

晴助は三楽斎に頭を下げた。太田三楽斎という男は武力は大したことはないが、策略に優れ、人をとりこにする不思議な魅力がある。上杉謙信にも気に入られていた。上杉謙信は三楽斎が岩付を追放されたことを知り、怒りをあらわにした書状を関東諸氏に送ったが、その中で三楽斎が無事であることに安堵した様子を伝えている。

ひとしきり語り終わって三楽斎は酒の酔いも手伝って、たれ気味の目を手でこすりながらため息をついた。

「いや、羽生《はにゅう》の近くからの船旅でいささか疲れ申した」

「そろそろお休みなされませ。会所の一室に寝床を用意しておりますゆえ、今夜はごゆるりとなされませ」

「かたじけない、それでは遠慮なく休ませて頂きまする」

三楽斎はやっとの思いで腰を上げると、晴助の手を借りながらゆっくりと梯子段を下りていった。

翌朝早く、太田三楽斎は宇都宮めざして旅立った。簗田晴助は御厩者の国府野《こうの》又八を付けてやった。それは三楽斎の護衛という役目だけでなく、宇都宮氏らの動静を探らせるためでもあった。

それから約二ヶ月後、北条氏は関宿城攻めをいったんあきらめ、小田原へ退いた。それにより簗田氏は窮地を脱し、境河岸や関宿の城下には平穏な日々がもどってきた。

小七のせがれ流治は十五歳になり、時おり飛助の代わりに小七の相方として舟に乗ることがあった。もちろん泊りがけで遠くまで行く仕事は無理だったが、古河や八甫までの仕事だったら十分に父小七の相方が務まるまでになっていた。同い年の簗田晴助の嫡男・源五に相変わらず読み書きを習っていた。一方、源五は舟の操作については流治から教わることはやめてしまっていた。剣術のけいこやら領主としての心構えや作法などをみっちりたたき込まれていたために、舟の操作を学ぶ余裕がなくなってしまっていた。

流治の妹の瀬音は十二歳になり、時おり流治が源五から読み書きを習っている場に顔を見せたりしていたが、源五から声をかけられたりすると恥ずかしそうな笑みを浮かべてその場から立ち去ってしまうことがあった。飛助のせがれの豆助も瀬音と同じ十二歳でいまだに背が低かったが、小七や飛助と舟に乗ることもあった。どちらかというと、田畑で作物を育てる方に興味があるらしく、小七の家の畑まで面倒を見ていた。もっとも、これは瀬音に会うための口実らしく、瀬音が姿を見せると畑仕事の手を休めてぼおっと瀬音を見つめているのだった。だが、瀬音の方は自分より背の低い豆助に興味はないようだった。このように、関宿の小七のまわりの子どもたちはすくすくと成長して大人に近づいていた。

太田三楽斎は無事に宇都宮城に着いた。当主の宇都宮広綱たちに快く迎えられた。三楽斎の知将としての名声は関東一円に知れ渡っていたのである。二男の梶原政景とも一年ぶりの再会を果たした。

一方、簗田晴助に命じられ三楽斎のお供をして宇都宮まで来た御厩者の国府野又八は、二、三日ほど宇都宮城下をぶらぶら歩きまわったのち、陰陽師《おんみょうじ》になりすまして小山、結城に立ち寄り動静を探った。

三楽斎は特にやることもなく十日間ほど骨休めをしていたが、常陸の佐竹義昭から宇都宮広綱を通して三楽斎宛てに書状が届き、「三日後に常陸の真壁《まかべ》城までご足労願いたい」と言ってきた。

常陸の真壁（現・茨城県桜川市）は筑波山の北に連なる加波山のふもとにあり、宇都宮から十二里（約四十八キロメートル）と一日の行程としてはややムリがある。結城氏に属する水谷政村の久下田《くげた》（現・栃木県真岡《もおか》市）を通ればずっと平地を行けるのだが、北条方となっている結城氏の所領を通るわけにはいかない。下野と常陸の国境がちょっとした山越えになるので、三楽斎は約束の日の前日に宇都宮を発つことにした。

二日後の昼過ぎに太田三楽斎は二男の梶原政景と、道案内として宇都宮氏の二人の家臣とともに真壁めざして出発した。途中、真岡で一泊した後、真壁に着いたのは夕刻に近かった。

真壁城は筑波山に連なる山々を背に、平地よりすこし高くなった地にあった。だらだらとした坂を上って城門に至り、三楽斎が来意を告げると城内に招じ入れられた。

六畳ほどの控えの間で待っていると、まだ十五、六と思われる大男が入ってきて三楽斎の前にあぐらをかいた。

「これは、これは、三楽斎殿、遠路はるばるよくお越し下さりました。真壁氏幹《うじもと》でござる。以後、お見知りおきを。父は病に臥せっておりますゆえ、拙者がお相手させて頂きまする」

太田三楽斎は改めて真壁氏幹をまじまじと見た。〝鬼真壁〟の異名は三楽斎も耳にしていた。

なるほど、薄地でできている夏用である浅黄色の透素襖《すきすおう》の上からも肩の筋肉が盛り上がっているのがわかる。なんでも六角に削った一丈二尺（約三・六メートル）もある樫の棒に鉄の筋金を鋲で打ちつけたものを振り上げ人馬をなぎ倒すそうだが、三楽斎にはそんな長い棒を振り回せるとはとても信じられなかった。いささか誇張があると思われた。体格を見れば〝鬼真壁〟の片鱗はうかがえたが、顔はほど遠い印象だった。人の良さそうな細い目と低い鼻が特徴で、おだやかな感じだった。

「さっそくですが、佐竹義昭様がお待ちです。ご案内つかまつりまする」

真壁氏幹に続いて、太田三楽斎と息子の梶原政景は縁《えん》を歩いていった。宇都宮氏の家臣二人は控えの間で待つことになった。部屋の角を曲がって二部屋通り越した先の縁に、紺色の透素襖を着た武士がうずくまっていた。縁の外には庭があり、その先に小高い山々が間近に見えた。

近づいていくと、どうやら佐竹義昭のようである。三楽斎は義昭がひと回り小さくなったように感じた。足音を聞きつけたのか、佐竹義昭は三楽斎の方を見た。人の良さそうなまなざしは以前と同じ義昭そのものだったが、ふくぶくしかった顔はいくぶんやつれ、まるでつやがなかった。

真壁氏幹はひざまずいて佐竹義昭にひと言告げると、三楽斎に一礼してからその場を立ち去った。

太田三楽斎もひざまずいて佐竹義昭にあいさつした。

佐竹義昭は庭を向いてすわっていたが、顔だけ三楽斎に向けて言った。

「いやあ、三楽斎殿、よう参られた。突然、お呼びだてして申し訳ござらぬ。本来、こちらから出向かなければならぬところじゃが、近ごろどうにも体がきかぬでな。お許し願いたい。こう暑くては体にこたえまする」

佐竹義昭は弱々しい笑いを浮かべた。見れば、細長く切った冷やしウリを手に持っている。かたわらには冷やしウリをのせた平たい器が置かれていた。

「どうじゃ、食わんか、三楽斎殿」

佐竹義昭はウリののった器を三楽斎に差し出した。

「遠慮のう、頂戴いたしまする」

三楽斎はひとひざのり出して、器の上のウリをひと切れつまんだ。うしろに控えていた梶原政景も促されて相伴にあずかった。

「これは美味。暑さが引きまするな」

三楽斎がたれ気味の目にほっとした色を浮かべると、佐竹義昭は嬉しそうな顔をした。

「そうでござろう。夏はこれに限りまする」

三楽斎が部屋の中を見ると、一人の若武者がすわっていた。まだ二十歳前と思われた。

佐竹義昭は三楽斎の視線に気づいて、

「あっ、これはわしの嫡男の義重でござる」

義重と三楽斎はあいさつを交わした。父親に似ておだやかな印象だが、芯の強さもうかがえた。

佐竹義昭は居ずまいを正すと、三楽斎と向き合った。

「ところで三楽斎殿、今日、お呼びしたのは他でもない。北条の力がますます強くなっているのは、そなたも身をもって感じているはずじゃ」

三楽斎は第二次国府台合戦で北条方に敗れ、岩付城を追われたのだ。

「このままでは下野や常陸まで北条に飲み込まれてしまうであろう。今こそわれらは一致団結して北条に対処しなければならぬ」

すでに佐竹氏は宇都宮氏と強固な関係を築くとともに、府中（現・茨城県石岡市）の大掾氏、江戸崎（現・同稲敷市）の土岐氏、そして真壁氏と手を結んでいた。前年には、下総の多賀谷氏、下野の壬生氏などとも協力して、北条氏から祇園城を奪還し小山氏の帰城を実現していた。

「そこでじゃ、三楽斎殿、そなたを佐竹家の客将としてお迎えしたい」

三楽斎は背筋が伸びる思いがした。部屋の中の義重を見ると、にこやかな顔でひとつ大きくうなずいた。父子ともども同じ意見であるようだ。

佐竹義昭は太田三楽斎を高く買っていた。三楽斎の知将としての名声だけでなく、経験豊富な戦歴、幅広い人脈に期待を寄せていたのである。関東の中央、江戸や古河公方領からほど遠い位置にある佐竹氏は何かと不利であった。松山城攻防や第二次国府台合戦をかいくぐり、里見氏や上杉氏とも親交の深い太田三楽斎は、これからの佐竹氏の勢力拡大に大いに役に立つと考えられた。

「父上、これほど名誉なことはござりますまい」

三楽斎のうしろに控えていた梶原政景がいささか上ずった声で話しかける。

「ははッ、謹んでお受けさせて頂きまする」

三楽斎は神妙な顔つきで深々と頭を下げた。

こうして太田三楽斎と息子の梶原政景は佐竹家の客将として迎えられた。そして一年後には、真壁から山を越えたところにある片野城（現・同石岡市）を与えられることになる。岩付城を失った太田三楽斎は、山あいの小城ながらも城主として返り咲いた。

ところが、佐竹義昭は太田三楽斎を客将として迎えた年の秋、病のため急死した。かねてから体の不調を訴えていたのだが、三十四歳という働き盛りで死去したのは佐竹家にとって大きな痛手だった。突然、当主を失った佐竹家は混乱した。嫡男の義重はまだ十八歳と若く、重臣の岡本禅哲らは対応に苦慮した。その混乱を突かれ、小田氏治に小田城を奪い返された。佐竹家では太田三楽斎の智謀がますます必要とされる局面を迎えたようだった。

4

永禄八年（一五六五）に京では十三代室町将軍足利義輝が三好氏によって殺害されるという事件が起こった。室町幕府の弱体化は徐々に進んでいたが、足利義輝は何度か京を追われながらも、その都度帰還を果たし、それなりに幕府は機能していた。京には室町幕府の存続を望む勢力が一定以上存在したのである。

自らに権力を集中させたい三好氏は、将軍がいる限りその実現は不可能と見て、将軍の殺害を決断したのであった。これにより室町幕府は一時断絶。織田信長による十五代将軍足利義昭の擁立まで室町幕府は無力と化した。

東国では、十一月になると上杉謙信が四度目の越山を果たした。翌年正月には下野唐沢山城の佐野氏、二月には常陸小田城の小田氏を相次いで屈服させ、いったん上野《こうづけ》東部の館林城に入った。

下総の千葉氏は「関東八屋形」にも数えられる名門である。佐倉を拠点とする千葉胤富《たねとみ》は北条氏と連携しており、臼井城（現・千葉県佐倉市）の原胤貞とも協力関係にあった。

三月下旬、上杉謙信はいよいよ原胤貞の拠る臼井城へ攻めかかった。

臼井城は印旛沼に張り出す半島状の台地に築かれていた。主郭部は沼の水面から十二間（約二十メートル）ほどの高さにあり、沼と切り立った断崖に囲まれていて、攻めるのは容易ではなかった。

上杉謙信が攻めてくるのを知った臼井城の原胤貞は、佐倉の千葉胤富に援軍を求めた。佐倉城は臼井城の東一里という近さで、千葉胤富は自らの城も攻められる恐れがあるため、軍勢を割くことができなかった。代わりによしみを通じていた椎津氏ら五百騎を臼井城へ向かわせた。臼井城の西一里半ほどのところにある大和田の砦には北条方の松田康郷が在陣していた。松田康郷も急を聞いて、百五十人ほどを従えて臼井城に駆けつけた。原胤貞は千葉氏、北条氏の援軍を得て臨戦態勢を整えた。

上杉謙信は臼井城に迫ったが、三方を沼に囲まれているので一方からしか攻めることができないと知り、しばし様子を見ることにした。

広大な沼に突き出た城からの眺めは雄大で、さぞ美しかろうと思われた。桜は散った後だったが、城内には桜の木が散見され、桜と水辺の風景との取り合わせはきっと風流に違いないと想像された。

上杉謙信といえば、黒い旅服に身をつつみ、白綾を頭に巻いた姿がつとに有名である。三十六歳の働き盛りであったが、若い頃から戦に明け暮れ、遠征をくりかえす人生にいささか飽きがきていた。東国、ひいては日の本の国に秩序をもたらすことに使命を感じてきたのであるが、いっこうに平穏が得られない現実に嫌気がさし始めていた。それで一時、しんみりした心境になったのであろう。

翌朝、夜も明けきらぬうちに上杉勢はほら貝の音を合図に、ときの声を上げて城門に押し寄せた。だが、城中はひっそりと静まりかえって反応がない。

上杉方第二陣の本庄繁長はいら立っていた。本庄繁長は上杉家の重臣であったが、まだ二十五歳と若く血気にはやっていた。先の騎西城攻めでも出色の働きをしていた。

「ええい、城方はおじけづいたか、かまわず攻め立てろ」

本庄繁長が下知すると、配下の兵たちがわれ先にと攻めかかった。

城兵はようやく弓、鉄砲で応戦してきた。しばらくせめぎあいが続いたが、突如として城門が開き敵兵が討って出てきて、敵味方入り乱れての戦いになった。

一方、謙信の下知により、沼田勢が堀を越え、外曲輪《くるわ》の塀をこわして城内になだれ込もうとした。臼井城の加勢に来ていた松田康郷はこれに気づき、破られまいと必死に支えた。松田康郷は朱の具足を身につけた剛の者で、その姿と活躍ぶりから〝北条の赤鬼〟の異名をとっていた。松田康郷は大長刀《なぎなた》を振り回して、寄せてくる沼田の兵を次々になぎ倒した。沼田勢が攻めあぐねる中、本庄繁長が馳せ参じてきて、城兵を押し戻した。一進一退が続くうちに昼を過ぎ、雨も降ってきたので上杉勢はいったん引きあげた。

夜通し、風雨が吹き荒れた。明け方には雨はやみ、風も収まった。上杉勢は再び城に迫った。だが、城中は静まりかえったままだった。

上杉謙信は本陣の床几《しょうぎ》に腰かけたまま、これをいぶかしんだ。

「どうも、わからん。敵は何をねらっているのか。昨日の戦いで疲れたわけでもあるまい」

かたわらにいた軍師の海野隼人正が口を開いた。

「敵方には浄三という八卦見《はっけみ》がいると聞いております。吉日を待っているのではないでしょうか」

「なるほど、そういうことか。しゃらくさいまねをしおって。かまわぬ、一気に攻め落とせ」

先陣が大手に攻めかかり、城門や逆茂木《さかもぎ》を破壊して城内に乱入した。上杉勢は奮戦し、城兵を多数、討ち取った。

その時、思いもよらぬことが起こった。切り立った崖が崩れて、上杉勢百名ばかりが土砂に埋まってしまったのである。

「これは、まずい。天に逆らって攻め寄せて、怒りを買ったか……。すぐに、引き上げさせよ」

上杉勢は恐れをなし、あわてふためいて退却した。

これを追って〝北条の赤鬼〟松田康郷は手勢数百を率いて討って出て、上杉勢多数を討ち取った。

それ以後も上杉勢は臆病風に吹かれたのか、攻めては犠牲を増やすばかりで、計三百が討ち死にし大敗北に終わった。

上杉謙信も戦意を喪失し城の囲みを解き、四月中旬に越後へ帰っていった。

常勝・上杉謙信の敗北は関東各地に激震をもたらした。上杉方だった諸侯はなだれを打って北条方に鞍替えしてしまった。小山秀綱、小田氏治、宇都宮広綱、成田氏長などが、北条氏に屈服した。東上野は北条方となり、西上野は武田信玄に従った。

関宿城の簗田晴助も北条氏と和睦せざるを得なくなった。簗田氏は関宿城と水海城は維持したが、古河城を明け渡し、その代わりに十ヶ郷の所領を取得するという条件で折り合った。古河城には古河公方足利義氏が復帰した。簗田氏は再び公方傘下に収まることになった。

だが、公方奉公衆の地位を脱し、地域権力をめざす簗田氏にとっても、関宿城をねらう北条氏にとっても、この和議は納得のいくものではなく、水面下では不満がくすぶっていた。このままでは済まないのは誰の目にも明らかだった。

5

太田三楽斎はめでたく佐竹氏に客将として迎えられたが、同じく第二次国府台合戦で北条氏に破れた里見氏はどうなったのだろうか。

里見義弘は家臣の犠牲により命からがら逃げのびて、いっときは意気消沈したものの、すぐに反撃に転じ、北条方の佐貫城（現・千葉県富津市）を奪取した。それは、上杉謙信の臼井城攻撃に呼応した動きであった。謙信は臼井城攻略に失敗したが、里見氏は佐貫城の確保に成功した。

これにより、北条氏は西上総の拠点を失ったばかりでなく、北条方として東上総を抑える勝浦城の正木時忠・時通父子との連絡を断たれてしまった。ちなみに正木時忠は、第二次国府台合戦で戦死した正木信茂の叔父にあたるが、両者は以前から敵味方に分かれていた。北条氏としては、もういちど上総に進出するためには、何としても佐貫城を奪回する必要があった。

永禄十年（一五六七）八月、北条氏政は上総へ出陣した。三浦水軍の総帥である北条綱成も舟二百艘で海を渡り、上総に上陸した。武総の内海（現・東京湾）に細長く突き出た富津岬から一里半（約六キロメートル）ほど内陸に入ったところに、三船山という標高五十丈（約百五十メートル）に満たない小さな山がある。その南一里のところに里見氏との攻防の舞台となった佐貫城があった。

激戦が予想されたが、あっけなく勝負がつき、里見氏の完勝で終わった。北条氏としては空前の大敗北であり、国府台合戦で勝利したおごりがあったと言われても仕方のない戦いであった。

ちなみに北条方のしんがりをつとめた岩付城の太田氏資は家臣五十余人とともに壮絶な討死にを遂げた。北条氏政は後任として自らの次男を送り込み、太田氏房と名のらせ、完全に岩付城を掌握した。太田三楽斎の血筋を引く後継者は、岩付城においては途絶えてしまったのである。

里見氏は三船山合戦勝利の余勢をかって、翌年には上総北部、太平洋寄りの土気・東金の両酒井氏も支配下に収め、下総への進出も視野に入れ始めた。

里見義堯《よしたか》は引き続き山あいの久留里城（現・同君津市）を本拠としたが、嫡男の義弘は佐貫城に在城し、父子で連携した体制を整えた。

永禄十一年（一五六八）の春を迎えた。里見氏に身を寄せている先代古河公方・晴氏の娘である茜《あかね》は二十七歳になっていた。茜はまだ独り身だった。当時としては、一般的にすでにどこかに嫁いでいる年齢であった。

二年前に長兄の藤氏が亡くなった。もともとが繊細な性格で、古河公方の座を下ろされ里見氏を頼らざるを得なくなった身の上を悲観し、病にむしばまれていったのであった。久留里城に来た晩に、妹の茜を守ると心に誓った藤氏は、里見義堯の野望を食い止めてきたのであるが、それももう果たせなくなった。藤氏の後は弟の藤政が継いだ。藤政は政治的な野心があるらしく、反北条勢力の中心的存在になった。茜のことにはまったく関心がないようであった。

久留里城の常御殿の一室では、茶色の素襖に身をつつんだ太田康資が、開け放たれた障子の外に見える桜をぼんやり眺めていた。ふだんは眼光鋭い康資といえども、この時ばかりはおだやかな表情をしていた。桜はちょうど満開の時期を迎えていた。

太田康資は国府台合戦で北条氏に敗れて以来、里見氏のもとに身を寄せていた。主に上杉氏や佐竹氏との交渉役を務め、北へ西へと奔走していた。このたび佐竹氏との交渉を終えて、久しぶりに久留里城にもどっていたのである。

しばらくして、里見義堯が一人の家来を連れて縁《えん》を歩いてきて、太田康資が待っている部屋に入ると上座にすわった。家来は部屋の外に控え、固く障子を閉ざした。

里見義堯は六十を過ぎ、髪には白いものが目立ち、老いた感じがした。

「康資殿、長旅、ご苦労であった。さっそくじゃが、佐竹家の様子はいかがであった」

「ははッ、佐竹義重殿は上杉謙信殿に不信をいだかれているようで、武田信玄と和を通じようとしているようでございます」

　太田康資は太い眉の下の鋭い目を里見義堯に向けた。

「ううむ、むずかしい状況になってきたわい。これも、上杉謙信殿が臼井城攻めで敗北を喫した余波であろうな。しばらくは、佐竹家には期待できぬということか……。とすると、茜姫さまの件もご破算というわけか」

　里見義堯は気落ちした表情になった。

「その件でござりまするが、佐竹家からの帰りの途中、片野城の三楽斎殿に会うてまいりました」

「ほほう、三楽斎殿はそくさいであったか」

「はい、岩付への帰還がならず、いくぶん元気がないようでしたが、茜姫さまの件につきまして興味深いことを言っておられました」

　太田康資は声をひそめて、周囲を気にする様子を示した。

　それを察して、里見義堯は手招きして、太田康資にもっと近くに来るように示した。

「で、どのようなことをおっしゃったのだ」

「はい、三楽斎殿はこのまま佐竹義重殿と茜姫さまの縁談をすすめてみてはいかがとおっしゃりました」

「何と、相手が承知していないのにか」

里見義堯は困惑気味にたずねた。

「はい、お館さまとて本来ならば茜姫さまとご嫡男の義弘殿をめあわせたいのでござりましょう。三楽斎殿はそれもお見通しでござりました。義弘殿がもし茜姫さまを好いているのであれば、茜姫さまが佐竹家に嫁ぐのを黙って見てはいないだろうとおっしゃるのです」

「まったく、図体はでかいのに、うちのせがれときては、からきし意気地がないからの。なるほど、それくらいの劇薬を用いないと、あやつは動かぬか。さすが、三楽斎殿じゃ。恋の道にも通じておると見える」

里見義堯は角張った顔に笑みを浮かべる。

「恋の道も、戦の道も、道理は同じじゃとおっしゃっておられました」

二人は顔を見合わせてひとしきり笑ってから、義堯が先に話し出した。

「わかった、茜姫さまにはわしから話しておこう。義弘にはそれとなく話が伝わるように、手を打っておく。いやあ、康資殿、お役目ご苦労であった。やっと暗闇の先にかすかな光が見えたような気がしてきましたぞ。あとは義弘が目を覚ますかどうかじゃ。長旅で疲れたであろう。ゆるりと休まれよ」

義堯は上機嫌で太田康資の労をねぎらった。太田康資は一礼すると部屋を出ていった。

それから数日後の午後、久留里城から西へ四里（約十六キロメートル）ほど離れた佐貫城では、里見義堯の嫡男である義弘が野駆けからもどったところだった。義弘は厩に馬を返して、井戸で汗ばんだ体をふいた。昨日、茜が佐竹家へ嫁ぐ話が義弘の耳に入り、心中おだやかではなかった。茜との出会いから六年が経過し、里見義弘は四十三歳になっていた。

父の義堯から再三にわたり、茜との婚姻を促されていたが、義弘はなかなか行動に移れなかった。茜を傷つけまいという思いが強く、また茜の兄である藤氏が何かと茜と義弘を遠ざけようとしていたために、だらだらと時が過ぎてしまったのだ。その間、第二次国府台合戦があり、茜との関係も一時お預けにせざるを得なくなった。二年前、茜の兄の藤氏が亡くなり、片方の障壁は取り除かれたのであるが、今度は義弘が佐貫城へ移ったために、久留里城に残った茜とは会う機会が失われてしまった。

義弘が茜に会ったのは足利藤氏の葬儀が最後だった。父の義堯もあきらめたのか何も言ってこなくなった。そこへ突然、茜が佐竹家へ嫁ぐらしいという噂が聞こえてきたのである。嫡男である義弘には事前に何の相談もなく、義弘は完全にかやの外に置かれていた。義弘はもやもやした思いをまぎらわせるために、馬で野を駆けめぐってきたのであった。

里見義弘が烏帽子をかぶり直し、浅黄色の素襖の身なりを整えてから主殿にもどると、ちょうどすこし先の縁を歩いている女性《にょしょう》が目にとまった。遠目からでも、萌黄色の薄小袖の下から白絹の袷《あわせ》のえりがのぞいているのが印象的で、背かっこうからして茜に似ているように思われた。だが、距離がはなれているのと、二年も会っていないことから、義弘は確信が持てず、声をかけそびれてしまった。

義弘は女性の後を追ったが、女性は部屋の角を曲がっていき、義弘が角を曲がった時にはその先に女性の姿はなかった。

義弘は、女性がどこかの部屋に入ったのか、それとも先へ行ってしまったのかと判断に迷った。とある部屋の前で逡巡していると、後ろから家臣の多賀蔵人《くろうど》がやってきて義弘に声をかけた。

「お館さま、どなたかお探しでしょうか」

義弘は不意に声をかけられ驚いて多賀蔵人の方を向き、すこしばつが悪そうな顔をした。何か言いたそうな様子で口ごもったが、義弘は意を決したように口を開いた。

「誰か、女性が来なかったか」

多賀蔵人はすこし考えてから思い当たったらしく話し始めた。

「そういえば先ほど、茜姫さまがいらしておいででした。縁ですれ違っただけでしたが、何だかいつもの姫さまらしくなく、うつむいて何やら思いつめたご様子でした」

「さようか、蔵人、手間をとらせた」

義弘はすぐに先を急いだ。

義弘が主殿を出て、本曲輪から坂を下って大手門まで来ると、茜が乗ってきたと思われる輿《こし》が置いてあり、家臣が四人ばかり休んでいた。

義弘の姿を見て、家臣たちは片ひざついてかしこまった。義弘は家臣たちに近づいていき、勢い込んでたずねた。

「茜姫さまはどこじゃ」

「ははッ、すこし桜を見たいとおっしゃられまして」

家臣のひとりが手で示した方向は、大手門の右手の一帯で平らな草原《くさはら》になっているところだった。その一角に大きな桜の木があり、大手門から細い道がつづいていた。

大手門を出て街道を右に行くと、半里ばかりだらだらとした坂を下ったところに、こじんまりとした城下の宿《しゅく》があった。城のあたりはのどかな山里の風景が広がり、ところどころに農家が点在していた。

茜は桜の木の下に立ちつくし、山里の風景を見ていた。桜ははらはらと花びらを散らせ、茜の萌黄色の小袖がひときわ映えていた。

義弘は細い道を桜の木のところまで行き、茜に声をかけた。

「茜姫さま、こんなところで何をしておられるのです」

広い額と形のよい鼻の輪郭が美しい横顔を見せていた茜は、声をかけられて義弘に顔を向けた。大きな目は憂いを含んでおり、広い額の下のみけんにはしわが刻まれていた。

義弘がさらに茜に近づいていくと、茜は体ごと義弘と向かい合った。茜は手を体の前で組んでいた。長身の義弘を見上げるようなかたちになった。

「今日はいいお天気なので、山里の景色を見ていましたの。もうすぐ見納めだと思って……」

茜は淡々とした口調でそう言うと、再び山里の風景に目を向けた。

「見納め、ですか」

義弘はため息まじりに言って、寂しそうな顔をした。そして、茜と同じように山里の景色に視線を移した。二人はしばらく無言のまま眼前の風景に見入っていた。だが、心はどこか遠くをさまよっているように思われた。

茜は義弘の顔をチラリと見ると話し始めた。

「聞いていらっしゃるでしょ、義弘殿も。わらわが佐竹に嫁ぐことを……」

「やはり、本当なのですね。人づてには聞いておりましたが……」

義弘は落胆のあまり、ふりしぼるように言葉を発した。義弘の言葉を聞いて、茜は驚いたように大きな目で義弘を見上げた。

「まあ、お父上は何もおっしゃらなかったのですか」

「はい、それにそれがしから確かめるのも何だか恐い気がして」

「相変わらず、お気の弱いことですこと」

茜はいつもの調子できつい言葉を義弘に投げかけたが、すこし言い過ぎたと反省したのか、静かな口調で語り出した。

「ようやくここの暮らしに慣れてきたと思ったのに、また違う土地に行かなければならぬとは情けない話じゃ。できれば、古河に帰りたい。せめて、兄上がいてくだされば、ここの暮らしもがまんできるのに」

茜は寂しそうな表情を見せたが、すぐに自らを励ますように続けた。

「こんなことを言っても仕方ありませんね。所詮、女子《おなご》はお家のためにどこかへ嫁がなければいけませんものね。佐竹だろうと、どこだろうと、わがままなど言っていられませぬ。でも、佐竹のある常陸は寒いところだと聞いておる。気が進まぬ」

いつのまにか茜の目には涙が浮かんでいた。義弘ははっとした。あれほど気丈な茜が涙を見せたのは、兄の藤氏の葬儀の時だけだったからである。その時は遠目から袖で涙をぬぐうのを見ただけだったが、こうして若い女性の涙を間近で見た記憶は義弘には思い浮かばなかった。不謹慎かもしれないが、義弘はその涙を純粋に美しいと思った。一生、心に刻みつけておきたいと思った。

義弘は真剣な顔つきになって茜と向き合った。よほど恐い顔に見えたらしく、茜は思わず後ずさりした。目に涙をためた茜は、気丈にふるまおうとした。

「でも、負けない。必ず耐えて見せまする」

義弘は優しい表情になって、きっぱりと言った。

「茜殿、無理をなさることはありませせぬ。拙者が茜殿をお守り致す。ずっと、ここにいて下され」

茜は大きな目で、まっすぐ義弘を見た。

「義弘様、本心なのですか。こんな茜を守ってくれるのですか」

「はい、天に誓ってお守り致しまする」

「義弘様……」

茜は義弘の厚い胸に頭をもたせかけた。義弘は茜の背中を両手で抱き寄せた。きつくではなく、優しく包み込むように。思ったより茜の背中は固かった。茜は心労つづきで、やせてしまったらしい。

こうして、めでたく里見義弘と茜は夫婦《めおと》になった。結果的には父義堯の思惑通りに事が運んだといえよう。里見氏は古河公方直系の姫を嫁に迎えたことで、足利一門としての地位をより確固たるものにした。初代古河公方足利成氏によって安房に送り込まれて以来、最大の領地を獲得したことと合わせて、里見氏は名実ともに絶頂期を迎えた。

　だが、翌年には思いもかけない事態が発生し、関東各地の諸氏はその対応に苦慮することになるとは誰も予想できなかった。

第三章　切迫

1

眼前には筑波の山並みが見える。美しい姿だ。だが、それを見つめる太田三楽斎の目には一抹の寂しさが漂い、かすかな怒りさえ含んでいるように感じられた。

（裏から見る筑波の山など風情のかけらもない）

主殿のある本曲輪から南西になだらかに下ったところに、縁台のようなあずま屋が設けられていた。三楽斎は一日に一度は必ず縁台から前方の景色を眺めるのを日課にしていた。

佐竹義重に客将として迎えられ、片野城（現・茨城県石岡市）を与えられて早くも二年が経過していた。

片野城は三方を山々に囲まれ、城自体も小高い丘のゆるやかな斜面に造られていた。下界から遮断されたような自然そのままの里は、心おだやかにのんびりと暮らす人々にとっては、平和な桃源郷のような場所といえた。だが、岩付への帰還を夢見る三楽斎には、なんとも歯がゆいものに映るのだった。間近に見える筑波の山並みは岩付への道を閉ざす大きな壁にしか思えなかった。そして、里を囲んでいる小高い山々は三楽斎をあざ笑うかのように、のどかで罪のない姿を見せていた。

（せめて筑波の向こう側にある小田城がとれたら……）

小田城（現・同つくば市）は、片野城から南西に約三里（約十二キロメートル）のところにあり、佐竹氏の宿敵である小田氏治の居城であった。そこからなら、岩付へは平野続きで、いくつかの川を越えれば割と楽に達することができる。ちなみに三楽斎の盟友である真壁氏幹《うじもと》のいる真壁城（現・同桜川市）は、片野城よりすこし北にずれた西にあり、山越えをしなければたどり着けない。片野城、小田城、真壁城を線で結ぶと、ほぼ逆正三角形に近い位置関係にあった。

小田氏治は三楽斎に刺激を受けたのか、最近になって天庵と名をあらためた。また、真壁氏幹にいたっては暗夜軒などとわけのわからない号を名のっていた。初めてその名を聞いた時には、三楽斎はさげすむような感情がこみ上げてきて、笑いをかみころすのに苦労するほどであった。真壁氏幹は〝鬼真壁〟と言われるほどの剛の者であったが、夜討ちが得意だという話はいちども聞いたことがなかった。

「父上、やはりここでしたか」

三楽斎の次男・梶原政景がうしろから声をかけた。三楽斎は我にかえって振り向いた。

梶原政景はおだやかな目で三楽斎を見つめ、口元に笑みをただよわせた。

「太田康資殿がお見えです」

三楽斎はいたずらを見られた子どものように、すこしばつの悪そうな表情でうなずいた。

「うむ、すぐ参る」

屋敷にもどり始めた政景のうしろを、三楽斎はゆっくりとした足取りで歩き出した。

すっかり大人になった政景のうしろ姿を見ながら、三楽斎はふと自らの老いを感じた。月日は待ってはくれず、どんどん流れ去っていく。政景ももう二十一歳になった。思えば、上杉謙信が鎌倉の鶴岡八幡宮で関東管領職を上杉憲正から譲られた折に、政景は古河公方の奉公衆である梶原姓を賜ったのだった。あれから八年あまりが過ぎた。その間にいろいろなことがあって、自分はいま元来の本拠地である岩付から遠く離れた山あいの小城の城主となっている。だが、いくら嘆いても現状は変わらない。三楽斎は気を取り直して、今後のことに目を向けようと思った。

主殿の一室で太田康資が待っていた。身の丈六尺（約一八〇センチメートル）以上ある体をもてあますようにかしこまっている。

三楽斎は上座にすわり太田康資と対面した。康資は烏帽子《えぼし》をかぶり茶色の素襖を身にまとっていた。三楽斎は水色のしころ頭巾をかぶっている。

「康資殿、よう参られた。年の瀬も近いというのに、ご苦労のことよの。また佐竹殿を訪ねるのか」

三楽斎はすこし鼻にかかったような声で話しかけた。

康資は顔をあげて眼光鋭い目を三楽斎に向けた。

「ははッ、お察しのとおり、こたびも里見義弘殿からの依頼で、佐竹殿を訪ねる途中でござりまする」

三楽斎は里見義弘の名が出たところで口元に笑みをうかべた。

「そういえば、義弘殿はめでたく茜姫さまを嫁に迎えたそうじゃの」

「はい、これも三楽斎殿から授かった策が功を奏したようで……」

康資もうれしそうな顔をする。

「さようか、わしも役に立ててよかったと思っておる」

三楽斎は目尻を下げて、すこし得意そうな表情になる。

「それにしても今年ももう終わりとは、早いものじゃ」

三楽斎は再び感慨深げにため息をつく。

「まったくですな。先ほど小田城下を通った折に耳にしたのですが、小田家では大みそかの晩に連歌の会を催し、夜中まで酒宴を行うのを習わしとしているそうです」

康資のことばに三楽斎は苦々しい顔をして、はきすてるように言った。

「ふん、また京の将軍家のまねをしているのであろう。関東八屋形か知らないが、風流気取りが災いして身を滅ぼすことになっても知らんぞ」

三楽斎のあまりの剣幕に太田康資はあっけにとられて、思わず三楽斎の顔を見つめた。

三楽斎は冬にもかかわらず扇でしばらく顔をあおいでいたが、急に扇をぱたりと閉じると、口元にたくらんだような薄笑いをうかべて何やら考えをめぐらしているようだ。

康資は、また何か策を考えついたのだろうかと三楽斎の様子を見守った。

「康資殿、佐竹殿を訪ねた帰りにまた立ち寄ってくださらぬか。新年はここで迎えればよろしかろう。わしも大みそかに趣向を考えているのでな」

そう言って三楽斎は意味ありげに康資を見た。

その後、太田康資は三楽斎と昼げをともにしてから、佐竹氏の太田城めざして旅立っていった。

翌日、さっそく太田三楽斎は僧の装束を身にまとい小田城下におもむいた。城に出入りする商人を突き止め、さりげなく城内の建物の配置や大みそかの連歌会の様子を聞き出したりした。それにより、建物や庭などの配置も京都将軍家を模していることがわかった。

大みそかの連歌会は三楽斎から見ればまったくの無防備としか言いようがなく、今まで誰もそこをねらわなかったのが不思議なくらいだった。おそらくのんびりした土地柄ゆえ、そんなことは思いもつかなかったのだろうし、相手の風流な催しを台無しにするような行為は、武士としてなすべきではないくらいに考えていたのであろう。

だが、三楽斎にとってはむしろ相手の虚をつくやり方はもっとも得意とするところであり、武士の情けとか正々堂々と勝負すべきだなどと言ってはいられない事情があった。とにかく岩付への帰還を果たしたい一心で、小田城を奪うことはそのための第一歩となるものであった。目の前に立ちはだかる筑波山を越えたいという切実な思いが、三楽斎をなりふりかまわぬ行動に走らせた。

三楽斎は片野城にもどると、収集した扇が飾られている小部屋にひきこもった。嫡男の氏資《うじすけ》に岩付城を追放された際に扇を持ちだす余裕はなく、三楽斎は折にふれて残念に思っていた。

そんなある日のこと、一人の山伏が三楽斎を訪ねてきた。家臣から言われて、三楽斎は山伏が何用かといぶかしみ、あるいは北条の刺客かとも思ったが、あまりに退屈な日々を過ごしていたために興味の方が先に立った。三楽斎は家臣に山伏を客間に通しておくように命じた。

三楽斎は客間に行き、上座に腰を下ろした。山伏は平伏していた顔を上げた。三楽斎はその顔に見覚えがあった。そして、嫡男である氏資の側近の春日大介であるのを思い出した。

三楽斎はとっさに腰の脇差に手をもっていったが、氏資が自分に刺客を送る理由などないことに思い当たり、脇差にかけた手をとなりに差していた扇にもっていった。三楽斎は扇を手にとり広げて、顔をあおいだ。

「大介ではないか、そんな恰好をして何用だ」

三楽斎が問いかけると、春日大介はかたわらに置いてあった笈《おい》を引き寄せ、中身を取り出し始めた。笈とは山伏が背負って歩く箱である。

「実は氏資様から三楽斎殿にお渡しするように、おおせつかってまいりました」

笈の中から出てきたのは、三楽斎が岩付城に残してきたおびただしい数の扇だったのだ。北条の手前、おおっぴらに運んでくることはできず、氏資は側近の者を山伏に化けさせて三楽斎のもとへ送り込んできたのだった。

（あやつにも親子の情がまだあったのか）

三楽斎は感慨にひたっていた。

（家臣に山伏のまねをさせるなど、なかなかやるわい。やはり、血は争えない）

そう思うと愉快であった。

だが、その氏資はもうこの世にはいない。去年の夏に上総であった北条軍と里見軍との三船山の戦いで、氏資は北条軍のしんがりを務めて壮絶な最期を遂げてしまったのだ。

三楽斎は氏資を馬鹿な奴だと思った。武士の体面にこだわったことで、さして恩義もない北条のために死んでしまうとは。だが反面、自分とは違う道を突き進んだ生き方を認めてやらねばならないとも思った。

小田城攻略の策を練ろうとしていたのに、あらぬ方向に思いがそれてしまったことに三楽斎は気づいた。三楽斎は口角の片方を上げて苦笑すると、扇の飾ってある小部屋を出ていった。

それから三日後、三楽斎は真壁城を訪ねた。真壁氏幹と対面し、それとなく大みそかの晩に小田城を奪う計画をほのめかした。しかし、真壁氏幹は柔和な表情を変えることなく、まったく話にのってこなかった。

三楽斎は懐から文《ふみ》とおぼしきものを取り出すと、氏幹の前に広げた。

「これは小田城内の者からの密書でござる。大みそかの夜に決行するのであれば、中から手引きをすると言ってきた」

真壁氏幹は真剣な表情になって三楽斎を見ると、密書といわれた文を手にした。読みすすむうちに氏幹は目を輝かせた。

「ほほう、確かに中から手引きをすると書いてありますな。これなら難なく小田城が手に入りましょう。小田城が味方の城になれば、当方としても願ったりでござる。佐竹殿も喜ばれましょう」

氏幹はがぜん乗り気になった。

三楽斎の顔には一瞬たくらんだような笑いがよぎったが、すぐにまじめくさった表情になった。

「それでは多賀谷殿にもはかって計画を進めとう存ずる」

「そうしてくだされ。それがしも佐竹衆の岡谷殿や根本殿を誘ってみますゆえ。いやあ、さすが三楽斎殿じゃ、いつの間に小田の者を味方に付けたのですかな」

真壁氏幹は感心したように言う。

「まあ、子細は申し上げられませんが、奥の手を使わせて頂きました」

三楽斎はニヤリと笑った。

大みそかの前日、約束通り佐竹氏を訪ねた帰りに太田康資が片野城に立ち寄った。三楽斎は康資に小田城乗っ取りの計画を話した。康資は自分のもたらした情報がもとになって計画が立てられたのを喜んだが、三楽斎から計画の詳細を聞くうちに渋い顔になった。三楽斎としても太田康資だけには本当のことを知らせておいた方がいいと判断したのである。康資はやんわり異をとなえたが、自信満々な三楽斎に説得されてしぶしぶ従わざるを得なかった。

いよいよ決行の大みそかになり、薄暗くなる頃、小田城から一里あまり北の四つ辻に三楽斎たちは集結した。

三楽斎の次男・梶原政景や太田康資、真壁氏幹とおいの掃部助《かもんのすけ》、佐竹衆の根本・岡谷、多賀谷家人の白井全洞など、佐竹派連合軍とも言うべき面々が勢ぞろいした。兵を含めると四百ほどになった。

三楽斎たちはすっかり暗くなるのを待って小田城下に侵入した。

年の暮れにしては比較的あたたかい夜だった。

大手門近くに身を潜めると、城内から宴の喧騒が聞こえてきた。それから半時ほどが経ったが、城内からは手引きする何の気配もなかった。宴はまだ続いていた。

真壁氏幹がしびれを切らして三楽斎に問いかけた。

「手引きする者がいっこうに現れませぬが、大丈夫なのでしょうな」

「残念ながら手引きはない。最初からそんな者はいないのだ」

三楽斎は事もなげに言う。暗いので表情はよくわからない。

「何と言われた、三楽斎殿。じゃが、密書を見せてくれたではないか」

白井全洞は三楽斎を問いつめた。

「あの密書は、わしが作ったにせものじゃ」

「えッ……」

皆は絶句し、あきれかえった。おそらく皆、きつねにつままれたような、あるいはたぬきに化かされたような顔をしたことであろう。ここまで完璧にだまされると、怒るというより虚脱感におそわれた。

三楽斎は悪びれもせず、皆の顔を見まわしながら言い放った。

「で、どうなさる。このまま引き返しますかな」

「ここまで来ては手ぶらで帰るわけにもいきますまい。わかり申した。腹を決めて、やりぬきましょう。もちろん、手引きなしで」

真壁氏幹は力強く言った。だが、最後に皮肉を付け加えるのを忘れなかった。

三楽斎たちは法螺の音を合図にいっせいに攻めかかった。三楽斎の家臣益戸や峯岸などのつわものがまっ先に突き進み、大手門を押し破って城中になだれ込んだ。宴に酔いしれていた城中の者たちは不意をつかれ、あわてふためき、太刀もとらずに逃げまどい、堀や塀を越えて落ち延びていった。当主の小田氏治は不在で、嫡男の守治が城を守っていたが、脇虎口《こぐち》から逃れて味方の木田余城へ退いた。

こうして三楽斎はまんまと小田城を手に入れたが、実力ではなく謀略による乗っ取りであったため、二ヶ月後には小田氏に城を奪い返されてしまった。

永禄十二年（一五六九）四月になると、小田氏治・守治父子は前年大みそかの恨みをはらそうと、真壁氏幹を攻める計画を立てた。四千の兵を率いて、筑波山に連なる南の尾根を越えて小幡というところに着陣した。街道からではなく筑波山の脇の峠を通って真壁城を攻めようと考えたのだ。真壁氏幹の裏をかいたつもりだった。小幡は真壁城と太田三楽斎の片野城とのちょうど中間にあった。

結局、太田勢の梶原政景に気づかれて、小田勢は真壁氏幹と太田三楽斎のはさみ撃ちにあい、兵たちは小田城めざして一目散に逃げた。梶原政景は小田勢を横から崩そうと陣をしいて待っていたが、小田勢が逃げてきたので、攻めかからずに平行して進んでいった。梶原の兵は小田城近くに来ると、小田勢に混じって城内になだれ込もうとした。

小田城の番兵たちは逃げてきた味方と勘違いして、梶原勢を城内に入れてしまった。敵味方入り乱れての戦いとなったが、後から真壁勢も追ってきたので、小田勢はやむなく城をすてて逃げていった。

太田三楽斎は再び小田城を手に入れた。今度は奪い返されないように、敵が攻めてきたときにはすぐに真壁勢や多賀谷勢が援軍に駆けつけられるように取り決めをした。その後も何度か小田勢が攻めてきたが、そのつど撃退し、小田方に城を明け渡すことはなかった。

2

太田三楽斎が小田城乗っ取りを企てたころ、関宿城をめぐって北条氏と簗田氏との間で結ばれていた和議が決裂した。もともと双方に不満の残る和議であったので、再び対立するのは時間の問題と思われていた。結局、二年しかもたず決裂してしまった。

永禄十一年（一五六八）、第二次関宿合戦とよばれる戦いが始まった。関宿城は再び北条軍に包囲された。この年、西では織田信長が第十五代将軍足利義昭を擁して入京を果たした。

翌年、対立していた上杉謙信と北条氏の間に「越相一和《えっそういちわ》」が成立。関東各地の諸氏に衝撃をもたらした。とりわけ実力者の佐竹氏と里見氏は越相一和には反対の立場であり、上杉謙信への不信感をつのらせた。

北条氏としては、このころ武田信玄が最大の敵となっており、里見・佐竹氏らが武田信玄と結びつくのを危惧していた。一方の上杉謙信は関東や北信でのじり貧を食い止めるのに、北条氏と同盟を結ぶのが得策と考えたようだ。

古河公方を誰にするかという問題では、上杉氏の推す藤氏はすでに死去しており、必然的に北条氏の推す足利義氏に決まった。その代わり、関東管領には上杉謙信が就任し、北条氏が譲歩するかたちになった。

越相一和の成立により、北条氏は関宿城の囲みを解いて小田原に引き上げた。

二ヶ月ほど経つと、北条氏は当主の氏政の弟である氏照を栗橋城に送り込んできた。五代古河公方足利義氏の後見役としたのだが、監視役でもあった。

栗橋城主である古河公方奉公衆の野田弘朝《ひろとも》の立場は微妙なものとなった。

まだ残暑のきびしいある日の夕方、野田弘朝は北条家の布施美作守から栗橋城の客間に来るように言われていた。

野田弘朝が烏帽子に紺色の透素襖といういで立ちで客間におもむくと、すでに上座には北条氏照がいて、平座の左には奏者の瑞雲院周興と布施美作守が横を向いてすわっていた。

野田弘朝は北条氏照の正面にかなり離れてすわり、いちど平伏してから顔を上げた。

「古河公方家奉公衆、栗橋城主野田弘朝でござる」

北条氏照は鷲鼻であごがやや鋭く、冷静沈着というより酷薄な感じがした。野田弘朝をにらんでいるように見えたが、もともとそういう目つきなのだった。

「野田殿は栗橋城主を務めて何年になりますかなあ。ずいぶん長かったのでしょうなあ。ですが、もうそろそろいいのではないですかな。後はこの氏照に任せられよ」

なんとも人を食ったような言い方で、聞く者を不快にさせる響きが感じられた。

そばに控えていた瑞雲院周興がかるくせき払いした。五十を過ぎた周興はほおがこけて、以前よりおだやかな印象になった。

「野田殿、長い間、北条のために尽力していただきご苦労でござった。とりわけ、大上様《おおうえさま》のことでは世話になり申した」

周興はとりなすように頭を下げた。大上様というのは、先代の古河公方足利晴氏のことで、北条氏に謀反を企てたとの理由で、野田弘朝が拘束し栗橋城に幽閉したのであった。

野田弘朝の表情はまったく変わらなかった。というより表情がないと言ったほうがより正確かもしれない。ほお骨が高く、顔の長い弘朝の目は死んだように生気がなかった。

あまりの反応のなさに、北条氏照もどう対処していいのか、困った顔をした。そして、布施美作守に促すような視線を送った。

布施美作守はかたわらに用意していた書状を取り上げ、目の前に広げて読み上げた。

「野田弘朝、栗橋城主の職を解き、鴻之巣御所城番頭を申しつける」

北条氏照はさばさばした表情でそっけなく言った。

「野田殿、明日にでも移ってもらいたい。下がってよい」

野田弘朝は表情ひとつ変えずに一礼すると部屋を出ていった。

北条氏照はいくぶん苦い表情になって、瑞雲院周興に話しかけた。

「野田はいつもあんな感じなのか」

「はい、常に何の感情もお示しになりませぬ」

「さようか。重臣があんなでは公方家も終わりじゃの。簗田の奴は公方家から離れたがっているし……。ま、これでひと区切りついた」

野田弘朝の領地を没収し北条領とすることで、古河公方関連の領地はほぼ北条氏の支配するところとなった。足利義氏は古河公方の座にあるとはいえ、実質上の古河公方「領国」の終わりを意味した。残るは簗田氏の関宿城だけとなったのである。

三日後、野田弘朝は鴻之巣御所に移った。北条氏照の言った翌日というのはとても無理な話で、あわただしく荷造りをしても三日が精いっぱいであった。

鴻之巣御所は、栗橋城から北へ二里（約八キロメートル）ばかり行ったところにあった。半島状に沼に突き出た高台にあり、風光明媚なところであり、古河公方の別荘となっていた。

野田弘朝は敷地の奥に建つ常御所の四帖敷の部屋にひとりこもった。そして、付書院の方を向いてあぐらをかいた。

（この部屋にいると落ち着く）

常御所は初代古河公方足利成氏が、当時の室町将軍足利義政の東山山荘を模して建てたといわれている。付書院というのは作り付けの文机のことで、その上方に両開きの障子があった。障子を開けると、そこから見える風景が掛軸になる趣向である。

野田弘朝は立ち上がって付書院の障子を開けてみた。

（なるほど、木々を透かして水面が見える）

弘朝の頭の中には、栗橋城から見下ろす太日川の眺めが広がった。すると、にわかに怒りがこみ上げてきた。

（あれだけ北条に尽くしてきた仕打ちがこれか……）

弘朝は歯ぎしりし、目は大きく見開かれ、ほえるような声が口からほとばしり出た。

「成り上がり者めが！　このわしを何だと心得る。いやしくも古河公方家奉公衆筆頭ともいうべき野田弘朝であるぞ！」

弘朝はあまりに興奮しすぎて、息が荒くなった。

「北条め、今に見ておれ。必ずやこの仕返しは果たさずにはおかぬからな」

野田弘朝は笑い出した。笑い出すと止まらず哄笑になった。それは笑いの爆発であり、豪快な笑いだった。

他人が聞いたら野田弘朝は完全に狂ったと思ったに違いない。だが、弘朝は正気だった。今まで笑いがこんなに気持ちがいいものだとは思ってもみなかった。弘朝は笑いながら、もういちど北条への復讐を誓った。


越相一和の波紋は関東すべての諸侯におよんだ。対応に苦慮した者が多い中、下総の結城氏は一貫して古河公方を支持しており、その背後にいる北条氏との関係も表面上は良好だった。

水谷《みずのや》氏は結城氏の重要な与力としてさらに力を増していたが、当主の水谷政村はこのころ弟の勝俊に家督をゆずり、下館城を離れて二里ばかり北の久下田城に移った。弟の勝俊は政村よりも十八歳下の三十歳だった。

晩秋のある日、結城晴朝は久下田城の水谷政村を訪ねようと、三人の供を連れただけで結城城を出た。久下田城までは北東に二里半（約十キロメートル）の近さであり、昼までに着けばいいので朝遅い出発となった。風もなく、日差しもあたたかかったので、物見遊山の気分であった。

久下田城近くに来ると木々は色づき始めており、すっかり秋らしい風景が広がっていた。久下田城は南北に細長く、東を勤行川《ごんぎょう》が流れ、西側の堀には勤行川の水を引き込んでいた。

結城晴朝が大手門で来意を告げると、奏者番が出てきて、一曲輪の勤行川を見下ろす高台にある離れに案内された。

「お館はただいま出かけておりますゆえ、しばしお待ちを」

奏者番はそう言って立ち去った。

結城晴朝は今日来ることは前もって知らせておいたのに、水谷政村が不在というのはいささか解せないことだったが、特に急を要する用件があるわけでもないのでさして気にも留めなかった。眼下を流れる勤行川やその先に広がる田畑の眺めは実にのどかで、結城家当主という立場を忘れてしばしゆったりとした時を過ごすのも悪くないと思った。

あっという間に四半時（約三十分）が過ぎたころ、川の方から石段を上がってくる水谷政村の姿が見えた。一人の従者を引き連れている。

やがて石段を上りきり、水谷政村は結城晴朝のところまで来た。結城晴朝は縁台から立ち上がり、政村を迎えた。

「いや、副帥殿、お待たせして申し訳ござらぬ。ほれ、大きな獲物がとれましてな。つい、夢中になってしまいました」

水谷政村は獲ったキジを高くかかげて破顔一笑した。どうやら鷹狩りに出かけていたようだ。

「善衛門、キジをさばいて参れ、それと酒の用意をさせよ」

政村は従者に指示した。従者は主屋の方へ歩いていった。

「副帥殿、もうすこしお待ちくだされ。獲ったばかりのキジを料理しますでな」

政村は生き生きとした表情を見せた。戦場では決して見せたことのない顔であり、重瞳《ちょうどう》の目もおだやかだった。

「いや、楽しみじゃ」

結城晴朝も肉付きのいい丸顔をほころばせた。

離れの板の間にはいろりが切ってあって、水谷政村自ら火をおこした。やがて、二人の家臣がキジ肉、酒、串に刺したアユなどを運んできた。

晴朝と政村は肉や魚が焼けるまで、焼きみそを肴に酒を飲んだ。肉が焼けると、晴朝は料理を堪能した。気心の知れた者同士で酒を酌み交わし、旨い肴に舌鼓を打つのは気分がよかった。

晴朝は酔いのまわった大きな目を政村に向けながら言った。

「政村殿、隠居してしまうなど惜しいでござるな」

水谷政村は居ずまいを正して、静かに語り始めた。

「副帥殿、ご心配には及びませぬ。拙者は今までどおり副帥殿をお支えいたしまする。家督を弟の勝俊にゆずったのは、世間では兄弟同士で骨肉の争いがたびたび起こるからでございます。まあ、勝俊に限ってそのようなことはないとは思いますが、それがし自身、家督にそれほど執着があるわけでもございませぬ。実は、妻を失くしてから、当主としての務めがおっくうになりましてな」

水谷政村はそこで言葉を切って、盃に口をつけた。政村は十年ちかく前に妻を失くしていた。結城晴朝の姉を妻に迎えていたのだ。

「かと言って投げ出すわけにもいかず、何とか水谷家を守ってきたわけですが、このたび弟の勝俊が一人立ちできる目途が立ちましたので、いい機会だと思いましてな。それに副帥殿、これから結城家はむずかしいかじ取りを迫られることになりましょう。拙者はより自由な立場で結城家のために奔走する覚悟でござる。何より、こうして鷹狩りをしたりして、気ままに暮らすのも悪くありませんからなあ」

水谷政村は屈託なく笑った。晴朝はほっとした表情になった。

「それを聞いて安心した。政村殿、これからも頼みまするぞ」

政村はすこし苦悩の色を漂わせて、

「ですが、北条氏康殿が病に伏せっている由。いずれ嫡男の氏政殿に家督が移ることになりましょう。その時が問題でござる。わが結城家にも無理難題を押しつけてくるやも知れませぬ」

「氏政兄弟は人を人とも思わぬところがあるらしいからの。ま、適当にはぐらかしておくしかあるまい」

「あまりにひどいようであれば、北条を見限らざるを得ない時が来るやも知れませぬ。その時のために上杉や佐竹ともよしみを通じておいた方がよろしいかと」

「なるほど、あいわかった。政村殿にも働いてもらわねばなりませぬな」

結城晴朝はすっかり酔いがさめてしまった。だが、水谷政村が今までどおり的確な助言を与えてくれるというので安心した。そして政村との語らいを切り上げるのは名残惜しかったが、日が暮れないうちに結城城にもどるために、結城晴朝は久下田城を後にした。

それから二年後の元亀二年（一五七一）、水谷政村が危惧したとおり、北条氏康が亡くなった。

それを機に、結城氏は極秘裏に上杉氏や佐竹氏との交渉に乗り出した。結城晴朝にとっては古河公方をも見限ることになるのが忍びなかった。しかし、結城家存続のためには、そんなことを言っている場合ではなかった。

北条氏康が死去した翌年、北条氏政は早くも弟の氏照、氏邦を先駆けとして、下総下妻の多賀谷政経を討つべく四千余の兵を率いて小田原を出陣した。多賀谷氏はもともと結城氏に属していたが、次第に佐竹氏寄りになっていた。

古河公方足利義氏は北条氏政からの知らせを受け、関宿城の簗田晴助に北条軍に加わるように命じた。簗田氏はしばらく上杉方に鞍替えしていたが、越相一和により再び古河公方奉公衆として義氏に従っていた。

関宿城の二層櫓《やぐら》の二階から簗田晴助は川の風景を眺めていた。いつもの泰然とした様子とは異なり、表情には苦悩の色がにじみ出ていた。

背後で梯子段を昇ってくる音がして、晴助は振り返った。やがて、嫡男の持助が姿を現した。持助は烏帽子に帷（かたびら）といわれる裏地のない紺色の小袖を身にまとっていた。聡明そうなまなざしは父親ゆずりだが、あどけなさの残る若い顔をしていた。持助は四年前に元服し、幼名の源五から現在の名に改めていた。奇しくも初代古河公方足利成氏に仕えた簗田持助と同じ名だった。

「父上、お呼びでしょうか」

「うむ、持助、こっちへ来い」

晴助は隣に来るように手招きした。

持助は晴助の隣に立ち、父子は並んで川の風景に目をやった。空はどんよりと曇り、今にも雨が落ちてきそうだった。すこし先を流れる逆川には舟が行きかっている。

しばらく二人は無言だったが、ひとつため息をつくと晴助は沈黙を破った。

「上様から呼ばれて昨日、古河へ行ってきた」

「はい、存じております」

「北条殿がこたび下妻の多賀谷殿を攻めるにあたり、合力せよとの仰せであった」

持助は父の顔を見た。次のことばを待っているようだった。

「今回は持助に行ってもらおうと思っている」

「初陣ですね」

持助はにっこりした。何の屈託もない笑顔だった。そんな持助を見て、晴助はよけいに心配になったようだ。

「持助、ひとつ言っておきたいことがある。決してムリをするな」

「父上、どういうことでござりましょう」

普通なら存分に働けとか、簗田家の恥にならない戦をしろとか言うのが筋だと思われるのに、持助は父の真意を測りかねた。

　晴助は説明が足りなかったと思い、さらに続けた。

「北条のために討ち死になどするなと言っておるのだ。こたびの越相一和はいずれ崩壊する。しょせん上杉殿と北条は水と油なのだ。和議が決裂すれば、北条はまたこの関宿城を攻めてくるであろう。そんな北条のために尽くすことはない。よく肝に銘じておけ」

「ははッ、父上、よくわかりました」

　持助はそう答えたが、いよいよ初陣をむかえられると喜び勇んでいる様子がにじみ出ている。晴助の心配は消えることはなかった。

　公方義氏からの書状は結城晴朝のところにも届いていた。やはり、北条氏の多賀谷攻めに参加するように言ってきたのだ。結城晴朝は気がすすまなかった。多賀谷氏はもともと結城氏に属していたし、佐竹氏寄りになったと言っても結城氏と敵対したわけではなかった。また、結城氏も北条氏に見切りをつけて、上杉氏や佐竹氏との連携を模索し始めているところだった。だが、公方義氏の命とあれば、むげに断るわけにもいかない。結城晴朝は久下田城の水谷政村を呼び寄せた。

　翌日、主殿の一室で結城晴朝は水谷政村と協議した結果、参加はするが積極的には戦わないという方針を確認した。それでも結城晴朝の顔は冴えなかった。

「実はもう一通、文が来ての」

晴朝は懐から文を取り出し、水谷政村に手渡した。

水谷政村は重瞳の目を光らせて受け取ると、文を広げて読んでいった。読んでいくうちに重瞳でない方の目はおだやかになり、口からはかすかな笑いがもれた。

「なるほど、簗田殿も世間の親と変わりませんなあ。ご子息が心配で仕方がないということですな」

結城晴朝は肉付きのいい丸顔にあきれたような表情をうかべた。

「だからといって、この結城に頼んでくるものでしょうかの。息子がムリをせぬよう見張ってくれなど。困ったものじゃ」

水谷政村は文を晴朝に返しながら、興味深そうな顔をした。

「ならば拙者がご指南つかまつりましょう。どうせ戦の方はいい加減に手を抜いてやるのですから、大して面白くもありますまい。若い者を手ほどきするという別の興味もわいて、かえって好都合というもの。簗田殿のご子息のご器量を見極めるにもいい機会でござる」

「いやはや、政村殿は何事にも熱心でござりまするな」

結城晴朝は感心したように言ったが、水谷政村の考えも簗田晴助と同様に理解しがたいと心の中で思った。

北条軍は流山街道を北上して関宿近くまで来た。簗田晴助は嫡男の持助に兵を率いて流山街道を南下し、北条軍を出迎えるよう命じた。関宿城に北条軍を入れることなく通過させるためである。いずれ攻められるかもしれないのに、関宿城の様子を知られるのは危険すぎた。

簗田持助は北上してきた北条軍と途中で出会った。北条軍はそれを機に行軍してきた兵を休ませ、北条氏政たちは大きな松の木陰に床几を置いて腰かけた。簗田持助は北条氏政たちの前に進み出て、片ひざついてこうべをたれた。

「苦しゅうない、顔を上げよ」

北条氏政の声に簗田持助は顔を上げた。北条兄弟が三人並んでいた。兄弟だけあって三人とも似ていた。まん中が当主の氏政と思われ、鼻は長くあごが張っており、目は一重まぶたで大きく、おっとりした印象だった。

「簗田晴助の嫡男持助でござりまする。以後、お見知りおきを」

持助があいさつすると、氏政は口元に笑みをうかべた。

「うむ、よう参られた。簗田殿の精鋭が加わるのはまことに心強い。もっとも、こたびは籠城ではなく、攻めてもらわねばならぬがの」

氏政は他の二人の弟を見ながら笑ったが、目は笑っていなかった。最初の関宿城攻めで撃退されたのを快く思っていないに違いない。簗田持助は気にすることなく、笑顔を見せた。

「ところで、簗田殿の兵力はいかほどでござりますかな」

氏政の左隣にいる弟が話しかけてきた。鷲鼻で酷薄そうな感じがした。

「はい、ざっと五百でござります」

持助ははっきりした声で答えた。

「五百？　たったそれだけか」

「やめよ、氏照」

氏照の人を食ったような物言いを氏政はやんわりいさめた。今や泣く子も黙る北条家の当主だけあって最低限の礼儀はわきまえているようだ。

氏照は黙ったが、にらむような目つきにあからさまに不満の色を漂わせていた。

簗田持助が下がると、末弟の氏邦が苦々しげに口を開いた。

「簗田晴助め、自らは城に引っ込んだままで、小童《こわっぱ》のような倅を出してきおって」

氏照がつづく。

「そのうえ、出し惜しみしおって。五百だと、物の数にも入らん」

「二人ともよさぬか、どうせ簗田はあてにならん。この分では結城も期待できぬな。我らだけで戦うしかあるまい」

氏政はあきれたようにため息をついた。それが、簗田晴助に向けたものなのか、それとも二人の弟に対してなのかはよくわからなかった。

五月二十二日、北条軍は下妻の西二里（約八キロメートル）のところにある結城氏傘下の山川勝範の居城に到着した。ここで数日、人馬を休ませた。

その間に結城晴朝が水谷政村とともに一千の兵を率いて合流した。

その日はそれほど暑くはなく、日差しもあっておだやかだった。

二曲輪の陣で結城晴朝と水谷政村が昼の腹ごしらえをしていると、簗田持助があいさつに訪れた。

結城晴朝は雑炊をかき込んでいた手を休めて持助の口上を聞いていたが、ひと通り話が済むと持助を誘った。

「簗田殿、堅苦しいあいさつはもうよい。こちらに来て、いっしょに食わぬか」

「はい、遠慮のう馳走になりまする」

持助はにっこり笑って、結城晴朝の横に腰を下ろした。火にかけた鍋には雑炊がぐつぐつと煮えている。

「いやあ、うまそうじゃ」

持助はごくりとつばを飲み込み、晴朝の向かいにいる武将に目を向けた。その武将は好意的な目で持助を見ており、独特な雰囲気をかもし出していた。よく見ると左目には瞳が二つあるようで、これが噂に聞いていた水谷政村かと持助は納得した。水谷政村は五十に近かったが、端然としたたたずまいは何とも魅力的なものに持助には映った。水谷政村も聡明で何のけがれも知らなそうな若者に好感をいだいた。

「失礼ですが、水谷政村殿でござりまするか」

「いかにも水谷政村でござる」

〝重瞳の水谷政村〟の名は関東中に知れ渡っていた。そのため、名のらないうちに相手に自分が誰なのかわかってしまうのには慣れていたので、政村は驚きもせず軽く会釈した。

結城晴朝は自ら雑炊を大きめの椀によそうと、持助の前に差し出した。

「さあ、召し上がられよ」

「あ、これはかたじけのうござりまする」

持助は椀を受け取ると、ひと口雑炊をすすって、屈託のない笑顔を見せた。

「いやあ、うまいでござりまするなあ」

心底うまそうに雑炊をすする持助を見て結城晴朝と水谷政村は顔を見合わせて笑った。

「いい食べっぷりじゃ。武士はそうでなくてはいかん。腹が減っては戦はできぬからの、なあ政村殿」

晴朝はそう言いながら政村を見て、意味ありげに目くばせした。

「まことに。そうじゃ、簗田殿、初陣だと聞いておりますゆえ、それがしと行を共にされては。この政村、僭越とは存じますが、いろいろとご指南つかまりとう存ずる」

水谷政村は真摯な態度で提案した。

「えッ、政村殿とごいっしょさせて頂けるのですか。それはもう、こんなうれしいことはござりませぬ」

持助は顔を輝かせた。結城晴朝は大きくうなずき、これで簗田晴助からの依頼を果たせそうだとほっとした表情をうかべた。水谷政村の方は、今後の展開が楽しみだとばかりに目に興味深そうな色をたたえ、口元に笑みを漂わせていた。

滞陣している間に、北条勢と結城勢、簗田勢との間で何度か評定がもたれ、攻撃方法などについて調整した。

そして、いよいよ戦いにのぞむべく、北条方は鬼怒川をはさんで下妻の多賀谷領を見渡せる小高い丘に陣を敷いた。ここまで来ると筑波の山も近くに見えた。

一方、多賀谷氏を支援すべく、佐竹義重も筑波山麓まで進出してきた。

北条方は二手に分かれて鬼怒川の上流と下流で川を渡った。下流から渡った北条勢は南から下妻城に押し寄せた。兵たちは神社、仏閣、民家などに火を放ち、狼藉をはたらいた。

北側を担当した結城、簗田勢は固い守りにはばまれ攻めあぐねた。というより結城、簗田勢はあまり戦う気がなく、形だけ攻めるかっこうをしてすぐに退いた。鬼怒川対岸から戦況を見ていた北条氏政から使者が送られてきて、すみやかに城を攻め落とすよう催促してきた。

水谷政村はかぶとの下の重瞳の目を光らせながら、そばにいた簗田持助に話しかけた。

「すこし本気を出しますかな。簗田殿、拙者に付いて参られよ。小塙、騎馬二十ばかりを選んでいっしょに来い」

小塙の人選が終わると、水谷政村は馬を駆って敵の中に突入していった。政村は攻めかかってくる敵を次々に蹴散らしていった。小塙以下の騎馬武者も精鋭ぞろいで敵を倒していく。簗田持助を守りながら進んでいった。しばらくすると敵兵がまばらなところに出た。

水谷政村は馬を立ち止まらせると、後から来た簗田持助を振り返った。

「簗田殿、あの武者を討ち取られませ」

政村は前方に見える騎馬武者を指差した。そして、その武者に向かっていった。五間（約九メートル）ほどの間隔まで近づくと、政村は敵の武者に大声で叫んだ。

「白井全洞殿とお見受けいたす。堂々と勝負せよ」

声をかけられた騎馬武者は水谷政村に気づいて、声を返してきた。

「水谷政村殿か、せっかくじゃが御免こうむる。命が惜しいでな」

白井全洞は馬首を返して立ち去ろうとする。白井は多賀谷家では名だたる太刀の使い手であった。

「待たれよ、白井殿。拙者ではない、こちらの若武者じゃ」

白井全洞は再び馬首をめぐらして、簗田持助を見た。持助の大将らしき装束に全洞は首をかしげた。

「どちらのお方かな。まだお若いようだが……」

「簗田晴助の嫡男持助でござる。白井全洞殿、いざ勝負！」

「なに、簗田殿の倅殿か。わかり申した、手加減せぬから心してかかられよ」

そう言うが早いか、白井全洞は太刀を振りかざして簗田持助めがけて向かってきた。持助も太刀を取って突き進んだ。二人は二度、三度と太刀を交えたが、白井全洞はさすがに百戦錬磨の武者だけあって、持助は押され気味になった。全洞が渾身の力を込めて振り下ろした太刀を持助はかろうじてかわしたが、馬がよろめいて落馬しそうになった。全洞が返す刀で再び切りかかろうとするところに水谷政村が割って入り、全洞の太刀をたたき落とした。

「政村殿、卑怯でござるぞ！」

白井全洞は非難のまなざしを政村に向けた。

政村はにやりと笑って、

「簗田晴助殿からの大切な預かりものじゃ。悪いが、そなたに討たせるわけにはいかぬ。白井殿、兵に下知して城に引き上げさせよ。さもなくば、そなたの命をもらう」

白井全洞はあきらめたようにたたき落とされた太刀を従者に拾わせると、政村に言った。

「あいわかった。城に兵を収めまする。それから、簗田持助殿、まだまだ未熟だが素直な太刀筋、いずれ強い武将になること、この白井全洞が請け合い申す」

白井全洞は兵たちに退却を命じた。

「政村殿、次はお味方として相まみえたいですな」

白井全洞はそう言い残すと、馬を駆って立ち去った。結城氏が佐竹氏への接近を図っていることは、多賀谷氏の家中にも知られ始めていたのである。

「さ、持助殿、われらも戻りましょう」

「はい」

持助の顔には晴れやかな表情が広がっていた。水谷政村と簗田持助、小堝らの騎馬武者たちは、ゆっくりとした足取りで陣地へと帰っていった。

鬼怒川対岸の小高い丘の本陣から、その様子を見ていた北条氏政は、そばにいた老臣の北条宗哲に話しかけた。

「さすが水谷政村、わずかの手勢で敵を城に追い込みおった」

北条宗哲はぶ然とした表情を崩さなかった。

「ですが、敵に回すと手強いでしょうな」

「たしかに、その通りじゃ」

氏政は複雑な表情になり、沈黙した。

一方、南から攻めた北条勢は一気に勝負をつけようと勢い込んでいた。

多賀谷勢は城の南九町（約一キロメートル）のところに伏兵を置き、寄せ手が近づくとわざと後退した。寄せ手の北条勢はさらに勢いづき、逃げる多賀谷の兵を追う。北条勢はまんまと多賀谷方の罠にはまり、深追いしすぎた。潜んでいた多賀谷の兵に襲いかかられ大混乱に陥ってしまった。北条勢は甚大な損害を出して撤退した。

翌日、雪辱を期して北条、簗田、結城の兵は、下妻城の背後に回り込み、敵味方入り乱れての激戦となった。多賀谷方は劣勢となり城に退く。北条方は城近くまで迫った。

夕暮れ近くに城内から矢文が放たれた。大宝八幡神社の神主による和議を求める文である。だが、それは時間かせぎをするための多賀谷方の策略だった。

夜明けとともに城兵は大手とからめ手から同時に押し出してきた。和議の申し出に油断していた北条方は不意をつかれた。多賀谷勢の死にもの狂いの気迫に圧倒され、北条方は押され気味となった。もともと士気の高くない結城勢と簗田勢は、結城晴朝の命で退却を始める。北条勢もそれにつられて戦意を喪失し総崩れとなった。多賀谷勢は北条方を撃退し、下妻城を死守した。

　また、北条氏は下野・祇園城の小山氏も攻略しようとしたが、こちらも失敗した。下野・下総などの反北条勢力の思わぬ抵抗にあい、北条氏の関東制覇の野望はなかなか果たされず、雲行きがあやしくなってきた。


　その年、古河公方家では、五代公方義氏の正室として北条氏康の娘が輿入れした。浄光院殿と呼ばれ、義氏より二つ下の二十七歳だった。北条家としては先代晴氏の室に続いて、二代にわたり古河公方家へ嫁を送り込んだことになる。ますます北条氏の影響力が増すことになった。

　婚礼の儀が終わると、義氏と浄光院殿は寝所に移った。婚礼の日とその翌日は白装束で過ごすことになっていた。

　義氏は、ひとつ部屋に妻と二人きりになったことで落ち着きがなかった。義氏は「疲れた。眠い」と言って、早々に寝床に入ってしまった。

　一人残された浄光院殿は、ふとんの上にすわったまま、あらためて部屋を見回してみた。生来、あまり健康でない浄光院殿の顔はほの暗い中で、白く浮き出て見えた。面長の顔と大きな目が特徴で、他の兄弟とはさほど似ていなかった。

　部屋には輿入れの際に運ばれてきた貝桶や嫁入り道具が置かれていた。観音開きの扉のついた御厨子《みずし》の黒棚は座敷飾りで、香道具、化粧道具などが載せてあった。それらが皆、浄光院殿の目にはむなしいものに映った。浄光院殿は力なく小さくため息をつくと、寝床に横になった。

翌朝、目覚めて朝のあいさつを交わした後は、二人はほとんど会話を交わさなかった。二人と同様に白装束の女房たちの給仕で朝げをいただいた時も、二人は無言だった。二人の間にはぎこちない空気が漂っていた。

朝げが済むと、義氏は障子の開け放たれた縁の向こうの庭を所在なげに眺めていた。浄光院殿は貝桶から貝を取り出して、手にとってみたりしていた。そこへ、まっ白な猫が部屋に入ってきて、義氏にまとわりついた。義氏は猫を抱き上げ、頭をなでた。最初に飼っていた白と薄茶色のぶちの猫に代わって、今は白い猫を飼っていた。

「わしらと同じ白装束じゃ」

義氏は切れ長の目にいたずらっぽい色をうかべて、いくぶん高い優しそうな声で言った。

「まあ、上様ったら、戯言《ざれごと》がお上手ですこと」

浄光院殿はすこし驚いた様子で笑い声をもらしたが、すぐにせき込んでしまった。

「大丈夫か、御台《みだい》」

義氏は心配そうな顔をした。

「わらわは体があまり強うはござりませぬ」

浄光院殿は面長の顔をうつむけた。

「さようか、大事にするがよい」

浄光院殿は兄たちとは違う義氏の優しさにふれて、ほっとした気分になった。義氏の横顔を見ていて、浄光院殿はふと気づいた。

(この方はお寂しいのだ)

白装束で過ごすのは今日までで、明日からは色柄の着物に改める。本来ならば、浄光院殿は嫁として初めて義氏の父母、舅(しゅうと)・姑(しゅうとめ)と対面する儀式があるのだが、二人ともすでに死去していた。親戚とも対面するのだが、長兄の藤氏はこの世にはなく、他の兄弟も古河城から追放されて里見氏のもとに身を寄せている。義氏には身内が一人もなく、対面の儀式が行われないことで、義氏の孤独が浮き彫りになった。

(わらわが身内になってあげなければ……)

浄光院殿は猫と遊んでいる義氏を見て、心に誓った。


ほどなく上杉氏と北条氏との間で結ばれていた越相一和が崩壊した。一転して北条氏は武田信玄と甲相同盟を結んだ。「昨日の敵は今日の友」を地でいくような変わり身の早さだった。

だが、翌年四月には武田信玄が死去した。

京では、それを知らずに十五代室町将軍足利義昭が、織田信長に反旗をひるがえして挙兵した。武田信玄の上洛を見込んでの挙兵だったが、完全に目算がはずれて京を追放された。ここに室町幕府は滅亡したのである。

3

どこまでも広がる青い空のかなたに、白い入道雲が湧き出している。川は優しい青に染まり、わずかに波立ちながらゆるやかに流れている。両岸には人の背丈を超す葦が繁茂し、さながら緑の中に川が吸い込まれていくかのようだ。

荷を満載した一艘の舟が川をさかのぼってくる。強い夏の日差しを浴びて、棹をあやつる船頭はまぶしそうに目を細めて額の汗をぬぐった。川下からの風が吹き始めて、舟をすすませるのもいくぶん楽になったように感じられた。

船頭はうしろを振り向いて、船尾ちかくにいる相方に声をかけた。

「流治、もうすこしで境河岸だ」

「ああ、おっ父《とう》、もうじきだな」

流治は澄んだ目を父の小七に向けて、日焼けした顔をほころばせた。流治は二十三歳になり、仕事の方もすっかり一人前になっていた。小七は五十にちかくなり、力仕事は流治に頼ることが多くなった。

小七たちは、常陸川（現・利根川）下流の木下《きおろし》からの荷を境河岸で下ろし、関宿の船番所に立ち寄った。川役人の高野大膳に船荷証文を届けるためである。舟にもどってきた小七は浮かぬ顔だった。

「どうやら、またお城へ兵糧を運び込まなければならなくなりそうだ。北条が攻めてくるらしい」

「またかい、困ったな」

流治も嫌な顔をした。いらぬ気を遣わなければならないし、北条に見つかれば命さえ危なくなるかも知れないのだ。

「越相一和」が崩壊したことにより、それ以前に上杉方となっていた関宿城の簗田氏は、北条氏が次にねらう標的となった。

関宿は外海へつづく水運と江戸などの武総の内海沿岸に至る水運の結節点であった。そのため、物流の拠点として莫大な富をもたらした。簗田氏が結城氏とならんで下総北部の有力な存在にのし上がったのは、そのおかげであった。北条氏康は「関宿を制する者は一国を制するに等しい」と高く評価し、虎視眈々とその制圧をねらっていた。

上杉氏との越相一和が崩壊するとまもなく、氏康の遺志を引き継いだ北条氏政は栗橋城主となっている弟の氏照と連携して関宿城攻略にのりだした。一度目は簗田氏に撃退され、二度目は越相一和で中止となり、今回が三度目ということになる。

天正元年（一五七三）七月、北条氏政は武蔵の忍《おし》（現・埼玉県行田市）と羽生の中間にある小松（現・同羽生市）に進出し、武蔵における上杉方の最後の拠点である羽生城と対峙した。同時に、東へ六里（約二十四キロメートル）の関宿城をうかがう姿勢を見せた。また、関宿城と至近距離にある栗橋城の北条氏照は、戦にそなえて下総・武蔵の兵を集め始めた。

小七たちは関宿の船番所をすこし南西に行ったところにある舟溜まりに舟を着けた。もやい綱を杭にしばりつけ帰り支度をしていると、飛助たちの舟が帰ってきた。相方として息子の豆助が乗っている。豆助ももう二十歳になった。三年前、飛助は独立して自分の舟を持つようになっていた。

飛助たちが岸に上がってくると、小七は飛助に話しかけた。

「また、やっかいなことになりそうだ。近いうちに北条が攻めてくるらしい」

飛助は手ぬぐいで首のあたりをふきながら、しわの寄った額の下の小さな目をしばたたいて言った。

「聞いたよ、仕方あるめえ、また例の運び込みだな」

飛助は城の方にちらりと視線を送ってから、小七に近づいて声をひそめた。

「それより小七さん、例の話をそろそろすすめてみてほしいんだが……」

小七は一瞬ぎくりとしたように飛助の顔を見つめた。だが、すぐに笑顔をつくって、すこし先にいる豆助を見た。娘の瀬音を豆助の嫁にくれないかと飛助に言われていたのだ。豆助は話の内容を知ってか知らずか屈託のない笑顔を見せている。

「ああ、わかったよ。今夜あたり話してみらあ」

小七がそう言うと、飛助はほっとした表情になった。

「済まねえな、小七さん」

飛助は豆助を促して家への道を歩き出した。

夕げが済むと、小七は土間に下りて、洗い物をしている笛に声をかけた。

「あのな、笛。前にも話したんだが……」

笛は洗い物の手を止めて振り返り、問いかけるような視線を小七に送ってよこした。

「何だい、おまえさん」

「瀬音のことなんだが、きょう飛助に催促されちまってな」

小七は困ったような顔をする。笛は遠くを見るような表情になって話し始めた。

「瀬音ももう二十歳だし、嫁に行っていい年頃だもの。今までは話があっても誰かさんがまだ早いといってことわっていたしね」

　笛は小七を見てかすかに笑う。

「相手が豆助ちゃんなら気心も知れてるし、安心だあね。だけど、瀬音の気持ちがいちばん大事さ。おまえさん、聞いてみたらどうだい」

　小七は自分に言い聞かせるように口を開いた。

「よし、わかった。聞いてみらあ。だけんど、おまえもいっしょにいてくれや」

「あいよ、これが済んだら、上に行くから」

　笛はまた洗い物に専念した。

　すこしして笛が手ぬぐいで手をふきながら囲炉裏端に来ると、小七は瀬音をかたわらに呼んだ。小袖のえりをつくろっていた瀬音は小七の隣に腰を下ろした。笛は囲炉裏をはさんで向かい側にすわった。流治はすこし離れたところで以前、源五からもらった本を読んでいた。源五は五年前に元服し、持助と名を変えていた。

「瀬音、実は縁談がきてるんだ。相手は飛助のせがれの豆助だ。悪い話ではねえと思うんだが……」

　小七は瀬音の顔を見た。瀬音は大きな目で上目づかいに小七を見ていた。目にはすこし不満げな色がうかんでいた。しばし沈黙が流れた。

「まだ、源五様が好きなのかい？」

笛が沈黙を破って瀬音に問いかけた。瀬音はすこし頬を赤らめてうつむいた。だが、何も言わなかった。

小七はしびれを切らして語気を強めた。

「いつまでも夢みてえなことを考えてるんじゃねえ。ご領主さまのせがれ様と添いとげられるわけがねえじゃねえか。いい加減、目をさませ」

瀬音は大きな目で小七をにらんだ。

「夢だって、目をさまさなければいつまでも見ていられるんよ」

「何だと、利いた風な口をききやがって」

小七は思わず腰を上げようとした。

「おまえさん！」

向かい側にすわっていた笛がたしなめるように声を出した。小七はすわりなおすと、ひとつ息をはいた。笛がとりなすように言った。

「今日のところはこれくらいにしようじゃないか。瀬音だってすぐに返事はできないさ。おまえさん、一本つけようか」

笛は酒の用意をするために土間に下りていった。小七は首のうしろのあたりをさすりながら、苦い顔をして火の気のない囲炉裏を見ていた。瀬音は立ち上がって中断していたつくろい物を再び始めた。流治は本を読むのをやめて三人の話を聞いていたが、何も言わなかった。瀬音が源五に思いを寄せているのは何となく気づいていたが、兄として複雑な思いをいだいていた。だが、妹に何を言ったらいいのか、まったくわからなかった。

北条氏による関宿城攻めが近いという風聞は、またたく間に関宿城内にひろがった。動揺をきたした者も数多くあり、意気盛んだった者でさえ三度目ともなるとさすがに嫌気がさしてくるのは仕方のないことであった。

昼間の暑さがいくぶんやわらいだ夕暮れ時、その日の勤めを終えたひとりの武士が三ノ曲輪と上宿との堀にかかる橋を渡っていた。武士は烏帽子をかぶり、裏地のない青色の透素襖を身にまとっていた。武士はやや背が高く痩身で、とがったあごに薄い唇が酷薄な印象を与えていた。この男は簗田家重臣の一人である石橋無想で、年ごろは四十歳ぐらいであろう。血色のよくない顔をしていた。

石橋無想は橋を渡り切ると、上級武士の住む上宿をしばらく行き、とある屋敷の前で足を止めた。用心深くあたりをうかがうと、屋敷の門をくぐり中へ入った。

石橋無想の姿が屋敷のある通りから消えるとまもなく、三軒先の角から古河公方家御雑色《おぞうしき》の河連国友が音もなく現れた。河連国友は古河公方家で北条の息のかかった者どもが幅をきかせるのに嫌気がさして、簗田氏に仕えるようになっていた。

河連国友は簗田晴助側近の久能石舟から石橋無想を見張るように言われていた。もちろん久能の指示は簗田晴助の意をくんだものだった。石橋無想は元は簗田氏のもうひとつの持ち城である水海城（現・茨城県古河市）の城代を務めていたが、十年ほど前にその任を解かれていた。当時、関宿城にあった古河公方足利義氏のもとに出仕していた結城晴朝が結城城に帰る途上を、石橋無想の指示を受けた兵数百が襲ったことがあった。上杉謙信の越山に呼応した勢力が結城城を攻めるという報に接した結城晴朝の行動だったが、石橋無想はそれを結城氏の古河公方からの離反と勘違いしたのであった。その時は古河公方方だった簗田氏は味方を攻撃するという失態を演じたことになり、簗田晴助は激怒して石橋無想を城代からはずしたのであった。

石橋無想はそのことを根にもっているとも伝えられ、城代時代に私腹を肥やしたという噂もあったが、不正の証拠はみつからなかった。今回の北条氏の関宿城攻めにともない、北条氏に内応する者が出る可能性は否定できなかった。まっ先に注意しなければならない人物として、石橋無想が監視下に置かれることになった。

河連国友は石橋無想の屋敷の前までくると、周囲を見回し人目のないのを確かめ、すばやく門の中へ侵入した。

門からは右奥の玄関まで飛び石がつづいていた。左側は庭になっていて、低い竹垣の途中に枝折戸《しおりど》があった。河連国友は枝折戸をあけて庭に入り、灌木の茂みに身を隠した。庭に面して部屋がふたつあり、部屋の前には縁がつづいていて部屋とは障子で仕切られていた。

四半時（約三十分）ほど経っただろうか、あたりが薄暗くなりかけたころ、ぽつりぽつりと門をくぐって屋敷に入ってくる武士の姿が目立つようになった。全部で十数人はいたようだ。

やがて、庭に面した玄関に近い部屋に明かりがともった。どうやら客間のようである。時おり明かりの前を人が横切ると、障子に大きな人影を映し出した。

ざわついていた座はしばらくすると落ち着いて静かになった。すぐに石橋無想のものと思われる声が聞こえてきた。河連国友は灌木の陰で聞き耳をたてた。

「またぞろ、北条が攻めてくるらしい。今度ばかりは持ちこたえられまい」

集まった者たちの間に動揺が走り、ざわめきが起きた。

「そこでじゃ、われらは北条に通じようと思う」

今度は驚きのざわめき。河連国友は一刻も早く久能石舟に知らせねばと思い、あわててその場を離れようとした。薄暗がりの中で石につまづいてころび、思いのほか派手な音をたてた。

ほぼ同時に庭に面する部屋の障子が勢いよく開け放たれ、二、三人の武士が縁に出てきた。

「何やつだ！」

河連国友は必死に門へ向かって駆け出した。

「くせものだ！　者ども、出あえ、出あえ」

うしろから武士たちの叫ぶ声が追ってきた。

玄関の戸が開く音がして、何人かの声が聞こえ騒がしくなった。河連国友の方が早く門にたどりついた。ちょうど門から入ってくる者がいて、河連国友はあわてて足を止めた。二人はお互いの顔を見合うかたちになった。

河連国友を追ってきた武士がそれに気づいて声を上げた。

「友之進か、そやつを逃がすな！」

友之進と言われた武士は腰の太刀に手をかけ、腰を落として身構えた。河連国友は追ってきた者たちに囲まれてしまった。

後からきた石橋無想が前に出てきて、河連国友に話しかけた。

「これは河連国友殿ではありませぬか。そなたを呼んだ覚えはないが、何用ですかな」

河連国友は石橋無想をにらんでいたが返事はしなかった。

「ま、いずれにしてもわれらの密議を聞かれたからには、このまま帰すわけにはまいらぬ」

「この場でたたき切ってしまいましょうか」

血気にはやった若い武士が言った。石橋無想はそれを制した。

「いや、それはまずい。とりあえずひっ捕らえて、蔵にでも押し込んでおけ」

石橋無想のことばを合図に、武士たちは太刀を抜いてじりじりと河連国友につめ寄った。河連国友も太刀を抜いて身構えた。だが、この状況では切り抜けられる可能性は万に一つもない。河連国友が観念していちかばちか武士のひとりに切りかかろうとした時、門から黒装束の三人がなだれこんできて、門の近くにいた石橋無想の家来数人を切り捨てた。三人のうちの二人が河連国友の前に出て太刀をかまえた。残りの一人が国友のとなりに来て前を見たまま言った。

「国友殿、ここはわれらに任せて、久能様にご注進くだされ」

国友がその男を見ると、御厩衆《おうまやしゅう》の頭目だった国府野又八の地蔵のような顔が目に入った。

「かたじけない、国府野殿。さっそく久能様のところに馳せ参じまする」

国友は国府野又八に一礼すると、太刀を鞘におさめ、門をくぐって道に出た。そして、一目散に一ノ曲輪をめざした。

河連国友はやっとの思いで一ノ曲輪にある遠侍（とおざむらい）の詰所にたどり着くと、家老の久能石舟を急ぎ呼んでくれるように頼んだ。

国友の息がととのわないうちに早くも久能石舟が姿を現した。国友は石橋無想の謀反と国府野又八らが戦っていることを告げた。

久能石舟はそばにいた菊間図書助《ずしょのすけ》に指示した。

「ただちに石橋無想の屋敷におもむき、かせ者どもを成敗いたせ」

〝かせ者〟とは裏切者のことである。

「ははッ」

片ひざついて聞いていた菊間図書助は一礼すると、配下の者七、八人を連れてあわただしく詰所を出ていった。

菊間図書助たちが石橋無想の屋敷に到着し入口の門をくぐると、国府野又八らと石橋無想一派がまだ戦っていた。石橋一派は十人ぐらいが傷を負い戦列を離れていたが、まだ二十数人が残っていた。国府野又八と配下の二人は並はずれた運動能力と技を駆使して戦っていたが、なにぶん多勢に無勢のため苦戦を強いられていた。

国府野又八ら御厩衆は本来の任務である馬の管理と飼育のかたわら、諸国の事情をさぐるなどの役目をになっていた。それが戦国期になると、戦における敵情探索、戦場におけるかく乱、敵への奇襲作戦など〝忍び〟としての仕事に重きをおく者が現れた。国府野又八らもそうだった。

配下の二人は目だけ出した頭巾をかぶり、袖の細い着物に足首までおおう股引のような袴を身につけていた。完全に忍びの装束である。国府野又八は頭巾はかぶっておらず、剃髪した頭に部屋からもれた光がにぶく反射していた。又八は左肩に浅い傷を負っていた。他の二人も何ヶ所か刀傷を受けていた。

菊間図書助は戦っている者たちを前に大声でさけんだ。

「石橋無想、たくらみは露見した。神妙に縛につけ！」

石橋無想一派の者たちは一瞬手をとめて、声のした方を見た。それが菊間図書助だとわかると明らかに動揺した。菊間図書助が簗田家きっての太刀の使い手であるのを知らない者はいなかったのだ。

それでも何人かは菊間図書助たちに斬りかかってきた。敵味方入り乱れての戦いとなったが、四半時（約三十分）もすると石橋無想一派は全員が斬りすてられるか捕縛されるかした。

久能石舟は菊間図書助からの報告を受けると、簗田晴助に事のてん末を知らせるために主殿にある晴助の部屋を訪れた。晴助は二年前に家督を嫡男の持助にゆずっていたが、いまだ大事な時の決定権は晴助がにぎっていた。

久能石舟は障子の外から声をかけた。簗田晴助の許可を得て部屋に入ると、晴助は書に目をとおしていた。

「お仕事中、おじゃまして申し訳ございませぬ」

久能は平伏した。

「いや、かまわぬ。仕事ではない、万葉集じゃ」

晴助は本をぱたりと閉じてかたわらに置くと、口を真一文字に結んで憂いを含んだまなざしを久能に向けてきた。

「辞世の句でも詠んでおこうと思っての。それはともかく、例の件は首尾よくいったか」

「はい、石橋無想一派、ことごとくひっ捕らえるか討ち果たしてござります。とりわけ菊間図書助と国府野又八の働きが際立っておりましたようで」

久能石舟はおだやかな顔に笑みをうかべる。

簗田晴助もほっとした表情を見せる。

「さようか、これでよけいな心配をせずに北条との戦いに専念できるというもの。それと河連国友の働きもねぎらってやらねばなるまい。石舟、そちもご苦労であった」

「ははッ」

久能石舟はそう言いながらも、なおも座を離れがたいようすであった。晴助はけげんな顔でたずねた。

「石舟、まだ何かあるのか」

久能はしばしためらっていたが、面長の顔をうつむけ気味にして口をひらいた。

「先ほど、お館さまが辞世の句と申されましたが、いささか早すぎるのではないかと……」

晴助はすこし考えるような素振りを見せてから言った。

「そのことか。ならば訊くが、石舟、おぬしはこたびの戦、勝てると思うか」

久能は困った顔をしたが、意を決したように力強く言った。

「確かにむずかしい戦いになりましょう。ですが、必ず勝機はあるものと信じまする」

晴助はにやりとして、

「まことにそう思うか。だが、三度目となるとどうであろう。仮にこたびも北条を退かせることができたとしても、北条はまたやってくる。それを思うと兵たちも嫌気がさしてくるであろう。波が何度も押し寄せれば、硬い岩でもいつかは崩れ去る。それと同じじゃ」

久能は何も言えなかった。どこか寂しそうな顔をして、おだやかなまなざしを晴助に向けていた。

「心配いたすな。できるだけのことはする。謙信殿に援軍も頼んでみる」

晴助はふっ切れたような表情になった。

簗田晴助は自ら語ったとおり、下野の宇都宮広綱を介して上杉謙信に援軍を要請した。それを受けて上杉謙信は武蔵・羽生城の菅原為繁・木戸忠朝に関東出陣の意向を伝えてきた。

それから四ヶ月が過ぎた。北条氏は簗田氏や羽生城の菅原為繁など上杉方への圧力をじわじわと強めていった。

その日はいよいよ冬本番を思わせるような寒い夜だった。城内を時おり冷たい風が吹きぬけ、落葉がさらさらと音をたてながら運ばれていった。

関宿城一ノ曲輪の橋の近くに地蔵が安置されていた。その背後の塀の上に黒い影が現れたかと思うと、塀からとびおりて地蔵の前にうずくまった。小柄な男は油断なく目を左右に向けて周囲をうかがっていた。ほのかな月明かりが、しわの多い猿のような男の顔を浮かびあがらせる。頭巾はかぶっておらず農民のような着物をまとっている。

男が動こうと立ち上がった瞬間、背後から何者かに羽交い絞めにされ動きを封じられた。羽交い絞めされた男は必死に首をねじって背後にいる何者かを見ようとした。わずかに剃髪した頭と閉じているような片方の目が視野にはいった。

「きさま、そこにあった地蔵か」

「ま、地蔵が動くわけがないゆえ、地蔵に化けていた者だ」

地蔵に似た男はかすかに笑い声をもらした。

「北条の忍びか、隠してもムダだ」

「いかにも。おぬし、おれを殺す気か」

猿に似た男は観念したように言った。忍びは捕らえられれば殺される苛酷な運命が待っていた。世間では厄介もの扱いされるような身分の低い者や盗賊などが忍びになる場合が多かったためである。

「同業のよしみで今回は見逃してやろう。だが次に忍び込んだら命はないと思え」

「ずいぶんと優しいんだな。そんなことで忍びが務まるのか」

猿のような忍びはうすら笑いをうかべる。

「言っておくが、われらはおまえたちとは違う。もともとは公方家に仕える者だからの」

「頭《かしら》が聞いたら目を丸くするだろうて」

「頭というのは風間か。一度、お目にかかりたいものだ」

「やめておけ、命を落とすことになるぞ」

猿のような忍びが真剣な表情になったのを見て、国府野又八は妙な気分になった。

「まあ、よい。行け」

国府野又八は羽交い絞めしていた手をゆるめて、猿のような忍びを逃がしてやった。忍びは塀の上にとびあがり、又八をいちべつしてから塀の向こうに消えた。

「しまった、名をきくのを忘れた。どうせ小者だ、よしとするか」

又八はそうつぶやいて、先ほどまで立っていた場所にもどり、まったく動かなかった。

十二月になっても、上杉謙信からの援軍は来なかった。しびれを切らした簗田氏は、佐竹家の重臣・岡本禅哲宛てに、南奥に出兵している佐竹義重の太田城（現・茨城県常陸太田市）への帰還と救援をもとめる書状を出した。遠い越後にいる上杉謙信があてにならないので、常陸の佐竹氏を頼ったのである。いまや佐竹氏は反北条連合の総師ともいえる立場になっていた。

年が明けて天正二年（一五七四）となった。二月になるとようやく上杉謙信は上野《こうづけ》に進出し、赤石（現・群馬県伊勢崎市）に着陣した。

一方、北条氏は上杉方に対して、さらに圧力を強めてきた。北条氏政は相変わらず羽生城の近くに布陣していた。栗橋城の北条氏照は、栗橋城と関宿城の中間まで進出してきた。関宿城までは半里（約二キロメートル）しかなく、しきりに忍びや物見を出して関宿城のようすをうかがうようになった。簗田氏の城外への動きを監視していたのだった。

三月に入り、羽生城の菅原・木戸氏を通じて、簗田父子に上杉謙信のもとに参陣するように言ってきた。

小七と流治の乗った舟は、逆川から関宿城の二層櫓の下に通ずるひょうたんのような形をした沼の入口近くに来た。沼へ入る水路は葦の茂みにおおわれ、注意して見ないとわからなかった。枯れた葦の下から、早緑色の新芽が伸びてきている。

小七と流治は付近に他の舟がいないのを確かめると目配せをかわし、米俵を満載した舟を水路に入れた。相変わらず回漕問屋の大岩屋伝兵衛、小七や飛助などの信のおける船頭たち、川役人の高野大膳らが協力して、関宿城に兵糧を運び込んでいたのだ。

水路は舟が一艘やっと通れるほどの幅しかなく、左右の葦が船荷に当たってかさかさと音をたてた。水路を抜けると沼に出て視界がひらけた。左岸につづく堤の上に植えられた数本の桜は七分咲きとなり見ごろを迎えていた。沼の中心部は広がっていたが、末端は再び狭くなった。堤は石垣にかわり、水門があり城内の堀とつながっていた。水門をすぎると石垣が四角く欠けているところがあり、そこから舟が入れるようになっていた。沼からはちょうど死角になって見えないように工夫されていた。

小七と流治は舟で石垣にあいた入口から中へ入った。中は薄暗く、舟が三艘ばかり入れるくらいの水面が広がり、舟がつけられる石積みの河岸があった。すでに城の下働きの者たちが三人待っていて、小七たちが荷をおろすのを手伝った。空間の端に上へあがる石段があり、下働きの者たちは米俵をかついで上っていった。城内から見ると、その空間は地下に位置していた。

小七たちが積荷を下ろし終わったころ、手燭をもったひとりの武士が石段を下りてきた。見たところ若そうで、小七たちの舟のそばまで来た。

「流治、そくさいであったか」

呼びかけられた流治は驚いて、まじまじと若い武士の顔を見つめた。

「源五か？　こりゃあ、たまげた。すっかり立派になって。いや、いまは持助様か」

流治は源五が元服してから一度も会ったことがなかった。

「源五でかまわん。流治、おまえこそたくましくなったの」

簗田持助はあどけなさの残る顔をほころばせた。小七はかしこまって二人のやりとりを見ていた。

持助は下働きの者たちが周囲にいないのを確かめると、真顔になって流治に近づいた。

「実は流治、頼みがある」

流治も真剣な表情になる。

「明日の朝、夜明けとともにここに舟で来てもらいたい。小七殿、そなたもいっしょに」

小七は細い目をしばたたかせた。持助はなおもつづけた。

「上杉謙信殿がいま上州に来ておる。わしと父上に参陣せよと言ってきたのじゃ。それで、わしと父上は上州に行くことになった。じゃが、大手門やからめ手門から出ていくことはできぬ。北条に見張られているからの。そこで、おぬしたちに頼るしか策はないのじゃ」

流治は持助の頼みとあれば、できれば引き受けたかった。だが、危険がともなう。下手をすれば命を落とすことにもなりかねない。それに小七の協力がなければ無理だ。流治は小七の顔をうかがった。

「どうすんべ、おっ父」

小七は腕組みをして宙をあおいだ。

「やるしかあるめえ。ご領主さまの頼みとあれば、ことわれねえ」

「そっか」

流治は小七にうなずいてから、持助に澄んだ目を向けた。

「わかった。源五、やるよ」

「流治、恩に着るぞ。それに小七殿も。では、明日の朝、待ってるからな」

持助は笑顔になって軽く頭を下げると、石段を上っていった。

翌朝、小七と流治は簗田持助との約束どおり、夜が明けると舟を関宿城へ向けた。前日、この日に入っていた仕事をことわるために、回漕問屋の大岩屋伝兵衛をたずねた。伝兵衛のところにも城内から密かに知らせてきたらしく、伝兵衛は多くを語ることなく小七たちの仕事を他の船頭に割り振るのを快諾してくれた。帰り際に「くれぐれもお気をつけなさいよ」という言葉とともに送ってくれたのだった。

小七たちの舟が、石垣にあいた入口から城内の地下の船着場に入ると、四人の武士がすでに待っていた。四人とも笠をかぶり、素襖を身につけ太刀を帯びていた。簗田晴助・持助父子に、公方家元御雑色の河連国友、太刀の使い手である菊間図書助が御供として行くことになった。

持助と流治は笑顔をかわし、晴助は小七を見て黙ってうなずいた。

小七たちは舟を出した。舟は逆川を境河岸とは反対の方向へすすんだ。早朝から関宿の舟溜まりを出て境河岸へ荷を積みにいく舟と何度かすれ違った。中には小七たちと顔なじみの船頭もいてあいさつをかわした。船中の人となった武士四人を見て、いぶかしげな視線を送ってよこす者もいた。四人は笠をかぶり顔を隠していたので、まさか関宿城主が乗っているとは誰も思いつかなかったに違いない。

船番所の前を通るときには川役人が出てきたが、舟の中に四人の姿を認めると何食わぬ顔で違う方向に視線をそらせた。

逆川が太日川に合流するあたりに来た時だった。どこからともなく矢がとんできて、舟を操っていた小七の左腕に刺さった。小七は左腕をおさえて、すわり込んだ。小七の顔は苦痛にゆがんだ。船尾にいた流治もとっさに腰をかがめた。四人の武士は中腰になって太刀に手をかけて身構えた。川の両岸には堤があるので、そこから矢を放ってきたと見える。堤の上に人影はなかった。北条の忍びか物見の仕業と思われた。おそらく敵は単独か少人数のため、威嚇してきただけで攻撃するつもりはないのであろう。

「図書、小七の傷をみてやれ」

簗田晴助は菊間図書助に命じた。舟の舳先にいた小七はうしろに下がって、菊間図書助から傷の手当てをしてもらった。代わりに船尾にいた流治が舳先にいって棹を操った。船尾に漕ぎ手がいないので、舟は安定を欠いて岸にぶつかりそうになった。

「あっしはとても無理だ。誰かうしろに行ってくれ」

小七は苦悩の色を漂わせて、皆の顔を見た。持助が立ち上がろうとしたのを晴助は制した。

「よし、わしが代わろう」

それには皆が驚きの表情で晴助を見た。晴助は冷静さをたもったまま立ち上がり、うしろへ向かった。だが、小七の横を通る時によろめいて、あやうく川に落ちそうになった。

「あぶねえ！　源三郎」

小七はとっさに右手で晴助の素襖の袖をつかんだ。晴助は踏みとどまり、びっくりして小七の顔を見た。小七はばつの悪そうな顔をして、晴助の袖をつかんでいた手を離した。流治たちもあっけにとられたような顔つきをしていた。源三郎というのは晴助の幼名だった。晴助は表情をゆるめて、笑い声をあげた。

「懐かしいのお、小七。おまえに舟の操り方を教えてもらったのが、つい昨日のようじゃ」

「えッ、父上も舟の操り方を習ったのですか」

嫡男の持助が興味深そうなようすでたずねた。

「うむ、小七はきびしくての。容赦なく鍛えられたわ」

晴助は遠くを見るような目になった。小七は照れくさそうに苦笑いをうかべた。

「小七、つらい思いをしたであろう。わしが突然、おまえから遠ざかったことが理不尽に思えたであろう。許してくれ。あのころ城内で嫌なうわさが立っての。口さがない者がおって、わしが小七に便宜を図っているというのじゃ。まったくの濡れ衣なのじゃが、このままでは小七に災いがおよぶかもしれないと思い、わしは金輪際、小七に会わぬと決めたのじゃ」

小七は目に涙をうかべていた。

「寂しくなかったと言えば、うそになります。ですが、わかっておりました」

「さようか、わしも寂しかった。だが、こうして心のうちを話すことができて、胸のつかえがおりた。さあて、昔とった杵づかとやらで、棹を巧みに操って見せようぞ」

晴助は船尾にいって棹を手にした。最初はぎこちない動きだったが、次第にさまになっていった。

逆川から太日川に入った。ふだんから川幅の広い川は、雪解け水で水かさを増しており流れも速くなっていた。流治と晴助はけんめいに棹を操ったが、舟はいっこうに進まなくなった。

「もっと左へ寄れ！　ここは流れが速くてダメだ」

小七はたまらず声を上げた。自分が出ていけないのがもどかしそうだった。

一里（約四キロメートル）ほどの距離をやっとの思いで抜けて、太日川から利根川へつづく支流に入った。

「これはとてもムリじゃ。八甫で陸に上がろう」

晴助はとうとう音をあげた。当初の予定では上杉方の羽生まで行くつもりだったが、小七が負傷するという思わぬ出来事のために変更せざるを得なくなった。

八甫の津に到着すると、簗田晴助・持助父子、河連国友、菊間図書助は舟を下りた。晴助は小七たちにねぎらいの言葉をかけた。

「小七、それに流治、おかげで助かった。礼を言う」

「最後までお付き合いできねえで、申し訳ござんせん」

小七は心からすまなそうな顔になる。

「何の、城から出るのがいちばん難儀なところだったのだ。ところで、小七たちはこれからどうする」

「へい、仲間に頼んで、舟に乗ってもらいまさあ」

「さようか、傷を大事にしろよ」

「ありがとうござんす。道中、お気をつけて」

簗田晴助一行は上州めざして旅立っていった。嫡男の持助はいちど振り返って、流治に手を振った。流治ははにかんだように手を上げて応えた。いつだったか同じような光景があったことを流治は思い出した。

二日後、簗田晴助・持助父子一行は上野の上杉謙信の本陣に到着した。すでに、佐竹氏の客将となっている太田三楽斎・梶原政景父子も参陣していた。上杉謙信は簗田父子、太田父子を交えて軍議を開き、武蔵出兵の方針を決めた。しかし、雪解け水でさらに増水した利根川を上杉謙信の軍勢は渡ることができず、北条氏と相まみえることはなかった。謙信はなすすべもなく五月下旬に越後へ帰っていった。

十一月になると北条勢は関宿城を取り囲んだ。そして、すぐに攻撃を仕掛けた。大手からは北条勢一万。先陣は栗橋城主の北条氏照、二陣は小田原衆筆頭の松田左馬介が務めた。からめ手には結城勢一千、千葉胤富の陣代原胤成の軍勢二千が配された。結城氏はいまだに古河公方を見捨てられず、北条方についていた。城方は簗田氏の軍勢のほか、佐竹氏から根本太郎、木造清左衛門ら二百余人が加わっていた。

ほら貝の音とともに北条勢が攻め寄せると、城方は城門を開いて押し出して戦った。城方は北条勢を押し返す勢いを見せた。士気も高く、身体的にも充実しているように見えた。北条勢は攻めあぐね、城内の兵糧がなくなるのを待つしかないという状況になった。以後、北条方は関宿城を取り巻くだけで、攻めてくることはなかった。

その夜は冬にしては比較的あたたかかった。国府野又八は関宿城内でいつものように地蔵に化けて、北条の忍びの侵入を警戒していた。ちょうど一年前、又八が北条の忍びを捕らえて以来、又八の知るかぎり北条の忍びの城内への侵入はなかった。野ざらしではさすがに体にこたえるので、又八はかんたんな屋根のついた祠《ほこら》の中にいた。まるで安置された地蔵にしか見えなかった。

日付が変わるころ、かすかな物音とともに厩の近くの塀の上に人影が現れた。人影はあたりを見回した後、塀からとびおりてうずくまった。又八がその者を捕らえようと祠から出たとたん、左右から何者かに肩と腕を押さえられてしまった。又八は敵の手から逃れようと必死にもがいたがびくともせず、より強い力で押さえられてがっくりひざを折った。

「公方家御厩衆の国府野又八だな」

又八の背後で、地獄の底から聞こえてくるような低く太い声がした。声の主は又八の前方にまわって又八を見下ろした。又八は顔を上げて声の主を見た。

又八が見上げるかたちなので、よけいにそう見えたのかも知れないが、まさに見上げるばかりの大男だった。おそらく六尺五寸（二メートル近い）はあるだろう。頭巾はかぶっておらず、忍び装束の上に何かの獣の毛でつくった袖のない羽織を着ていた。まるで山賊の頭目のようだ。顔は黒いひげにおおわれ、口と鼻は大きく、目はつり上がっている。見るだけで相手がふるえあがるようなすさまじい風体だった。

「猿吉、おまえを逃がしたのは、こいつか」

「お頭、こいつでさあ。まちがいありません、昨年あっしを捕らえた奴は」

隣にいた小柄な男がこたえた。猿吉というのは本名ではなく、容貌からくる通称なのだろう。

「風間か……」

又八はやっとの思いで、言葉をしぼり出した。

「いかにも、北条の忍びをたばねている風間小三郎だ。おまえは武士のはしくれらしいが、実はこう見えておれも武士なんだ」

又八はもう一度、風間小三郎の顔を見た。よく見ると意外に若そうで三十前後のようだ。又八より五、六歳若いことになる。

風間はつづけた。

「だが、この風貌のためにまともな役職には就けなかった。草としての役目しかもらえなかった。草としての技を極めて這い上がるしかなかった。おまえも似たり寄ったりだろう」

風間小三郎はにやりと笑った。笑うとよけいにすごみを増すようだった。確かに国府野又八は眉はうすく、頭をそり、鼻は低く唇もうすい。目をつぶれば地蔵そっくりだ。

「おれはおまえとは違う」

又八は毅然として、はきすてるように言った。

風間は一瞬、表情をかたくしたが、すぐにおだやかな顔になった。

「まあ、いいだろう。公方家に仕える身だから、気位が高いのもわからなくはない。さっき言ったようにおれも武士だから、おまえを生かしておいてやる。だが、おまえも猿吉に言ったようだが、おまえがもう一度おれの前に現れたら、命はないと思え。わかったな」

言い方はおだやかだったが、とどめを刺すような鋭さが秘められていた。それでも、又八は意を決して言い返した。

「そっちこそ、このまま生きて帰れると思っているのか。おれの仲間がいまごろお館さまに注進におよんでいるぞ。おまえらは袋のねずみだ」

「その仲間というのは四人か」

「何だって？」

数はぴったり合っている。又八は嫌な予感がした。

「あいにくだが、四人とも始末した。心配するな、眠らせただけだ」

風間小三郎はこともなげに言って、薄く笑った。

四人とも腕は確かな者ばかりだった。それが、あっけなくやられてしまうとは。風間小三郎一派のとてつもない大きな力を思い知らされるようだった。国府野又八は心の底から恐怖をおぼえた。これではもはや忍びとしての役割は果たせない。又八は全身の力が抜けてしまった。

「さて、帰るとするか」

風間小三郎は猿吉や仲間に目で合図を送った。それを機に又八を捕らえていた者が、又八の首のうしろに拳を打ち込んだ。激痛が走り、又八は気を失った。

それ以後、関宿城内では国府野又八の姿を見た者はいなかった。配下の四人もどこかに消えてしまった。

簗田晴助や久能石舟の周辺では、そのことが密かにうわさされていた。敵に寝返ったという者もあれば、独自の判断で隠密裏に活動しているという者もいた。だが、真相はまるで闇につつまれたままだった。

国府野又八が姿を消した三日後、小七と流治が兵糧を関宿城に運び入れた帰りだった。小七たちの舟が二層櫓の地下を出て狭い水路を通り、沼が広がるところにさしかかった時、沼の水面に一艘の舟が浮かんでいるのが見えた。小七はそんなところに舟がいるのをいぶかしんだ。小七たちの舟が十間（約十八メートル）ほどの距離まで近づくと、その舟は急に沼の出口へ向かって動き出した。

「お～い、そこの舟、待ちやがれ！」

小七は叫んで、棹をさす速度をはやめた。怪しい舟の船頭も相方も笠を深くかぶっていて顔は見えない。沼の出口の細い水路に入っていって舟は見えなくなった。

小七たちの舟が細い水路を抜けて逆川に出ると、怪しい舟は川の流れにのって漂っていた。ちょうど反対側から一艘の舟が来て漂流する舟をつかまえた。小七たちはそこまで舟をすすめた。舟をつかまえたのは、八甫の津に属する顔見知りの船頭たちだった。

小七たちの舟が近づいていくと、向こうの舟の船頭が話しかけてきた。

「何かあったのかい。誰も乗ってねえが」

「妙だな、さっきまで二人乗ってたはずだが……」

小七は首をかしげる。関宿城への兵糧の運び込みはほんの一部の者だけしか知らないことなので、多くを語るわけにはいかなかった。

向こうの船頭はさっぱり要領を得ないまま、困惑気味に言った。

「おれたちは、これから荷を届けなきゃならねえんだ。そっちは空荷のようだから、おまえさんたちで舟をひいていってくれねえか」

「わかった、そうするよ」

向こうの舟は逆川を下っていった。舟が行ってしまうと、小七は流治に話しかけた。

「まずいことになったようだ。おそらく北条の忍びだろう。もう兵糧の運び込みも終わりだな」

「それにしても、あの二人はどこへ消えちまったんだろうな」

流治は不思議そうな顔をして、あたりを見まわした。岸辺近くの水面に棒杭が何本か出ていることろに、竹筒が二本出ていることに気づくことはなかった。

翌々日、小七と流治が再び兵糧を舟に積んで、逆川から沼に通じる水路があるあたりまで来ると、北条の旗をかかげた二艘の舟が停泊していた。兵糧の運び込みを監視しているのは明白だった。小七たちは舟を素通りさせるしかなく、そのまま船番所に向かった。そして、川役人の高野大膳に兵糧の運び込みが北条に知られてしまったことを報告した。

これにより関宿城への兵糧の供給は途絶え、兵糧が尽きるのは時間の問題となった。城方の士気は急速に衰えていった。

ほどなく上杉謙信はまたしても関東に出陣してきた。十一月中旬には武蔵に入り騎西、菖蒲、岩付など北条方の城下に火をつけてまわった。

下旬になると、佐竹義重が宇都宮を経て関宿城救援のため出陣してきた。羽生と関宿の中間あたりの麦倉（現・埼玉県加須市北川辺）まで進出した。古河城から東へ一里、羽生城からも二里しか離れていなかった。

上杉謙信は関宿城の件を佐竹氏に託した。そして、羽生城を破却し、菅原為繁・木戸忠朝を保護すると、上野・厩橋に退却した。

佐竹氏は北条氏と和睦し、簗田氏との間を仲介した。閏十一月十七日、簗田晴助・持助父子は北条氏政に関宿城を明け渡した。奇しくも上杉謙信が羽生城から撤退したのと同じ日だった。

築田氏は、初代古河公方足利成氏に城主に任命されてから約百二十年にわたり守ってきた関宿城を手放すことになった。

築田晴助・持助父子は関宿城を北条氏に明け渡した後、水海《みずうみ》城近くの屋敷に移った。関宿城は北条氏岩付衆の管理するところとなったが、舟役と呼ばれる船荷にかかる関銭は今までどおり築田氏に納められていた。長年にわたり培われてきた築田氏と舟運にかかわる人々との絆は、そうかんたんに切れるものではなかった。

築田晴助が関宿城を出て七日目、古河公方足利義氏の使者が、明後日に古河城へ出仕するようにという文をもってきた。義氏の側近で奏者番の瑞雲院周興からのもので、事実上は北条氏からの呼び出しといってよかった。

当日、築田晴助は二人の供をつれて馬で古河城へ向かった。

晴助が古河城の奏者所におもむくと、若い奏者番が晴助を渡り廊下をとおって主殿の客間に案内した。晴助はしばし客間で待たされた。晴助は烏帽子に萌黄色の直垂《ひたたれ》、同色の袴という正装である。

やがて奏者番の瑞雲院周興と栗橋城主北条氏照が部屋に入ってきて、上座の左側に横を向いてすわった。瑞雲院周興は五十四歳になるはずだが、顔にしわが増えたとはいえかくしゃくとしていた。

　ほどなく古河公方足利義氏が二人の御供衆とともに姿を現し上座にすわった。簗田晴助は平伏した。

「苦しゅうない、面を上げよ」

　義氏のいくぶん高く優しそうな声がして、晴助は顔を上げた。

　義氏は切れ長の目と口元に笑みを浮かべていた。晴助は本来、古河公方を支える身であった。それがいつの間にか敵対するようになった。北条のかいらいとはいえ、主君である義氏をうとんじたのは間違いだったのだろうかと晴助は自問した。

「簗田、久しぶりじゃのお。こたびは大へんであったな」

　晴助は義氏をまじまじと見た。皮肉な感じはひとつもなかった。心からそう思っているような様子だった。

（これはどういうことか。まるで、わしが味方として戦ったような口ぶりではないか）

　晴助はもういちど平伏した。

「お気づかい、痛みいります。上様もそくさいのご様子、恐悦至極に存じまする」

「うむ」

　義氏は何度もうなずいた。晴助は再び顔を上げた。

「あ、それから、姫君さまご誕生、まことにおめでとうござりまする」

「これは痛みいる。やっと子ができてほっとしておる。ま、世継ぎでないのがいささか残念ではあるが……」

そう言いながらも義氏はうれしそうだった。この夏、義氏と妻浄光院殿との間に氏姫が誕生した。

ひととおりのあいさつが終わると、上座の左側で横を向いてすわっている北条氏照が口を開いた。

「簗田殿、きょう来ていただいたのは他でもない。関銭の件でござる」

関銭というのは、舟が関所を通るときに支払う通行税のことである。荷によって納める額が決められていた。晴助は表情をかたくした。今までは関銭は簗田氏に入ることになっていた。

「その権利をすべて北条家にお譲りいただきたい」

北条氏照は有無をいわさぬ口調で言い切り、にらむような視線を送ってきた。

晴助は返事をためらった。できれば拒否したいところだ。関銭徴収の権利を手放せば、家臣たちが路頭に迷うことになる。かといって関宿城を明け渡した身では拒否できるとも思えなかった。

「氏照」

義氏が二人のやりとりに割って入った。氏照はあっけにとられて返事も忘れて義氏を見た。晴助も意外に思い、義氏のことばを待った。

「その件は簗田が古河城に移ったとき、わしから舟役は今まで通りとするという証文を与えておる。それは今も生きているはずじゃ」

今から十六年前の弘治四年（一五五八）、簗田氏は義氏の命で関宿城を義氏に返上し、代わりに古河城を与えられたことがあった。もちろん北条氏の意向が働いていたのは言うまでもない。その時、簗田氏の舟役としての地位を保証する証文を義氏の名で与えていた。ちなみに舟役というのは関銭を徴収することを指している。

「しかし、関宿城が北条のものとなった今、舟役も北条に渡すのが筋ではありますまいか」

北条氏照はやんわりと反論した。義氏がかんたんに折れるとみくびっていたのだ。今までは確かにそうであった。だが、義氏は引き下がらなかった。

「氏照、わしの許可もなしに変更するというのか。これ以上、わしをないがしろにするのは断じて許さん」

義氏の今までにない剣幕に氏照は困った顔をした。氏照には子どもが駄々をこねているとしか思えなかった。北条の力からすれば無視することもできた。ただ、古河公方という権威をできるだけ傷つけないで済ませれば、それに越したことはないとも考えていた。

「上様、すこし氏照殿と話したいことがありますので、しばしの間、席をはずさせて頂きとう存じます」

今まで眠っているかのように目を閉じて話を聞いていた瑞雲院周興が発言した。義氏の許しが出ると、周興は氏照を促して部屋を出ていった。後には義氏と晴助が残された。

しんとした部屋に、北風が障子をゆらすかたことという音がかすかに響いた。

「上様、何とお礼を申し上げて良いやら……」

簗田晴助は沈黙を破って義氏に礼を言った。まさか義氏が北条に盾ついてまで、簗田を弁護してくれるとは思ってもみなかった。

「礼などいらぬ。当然のことをしたまでじゃ。簗田は初代成氏公の時から公方家を支えてくれたではないか。その忠義に報いなくて何とする。公方としての価値はないではないか」

義氏は色白の顔をやや紅潮させて語った。晴助は平伏した。

「上様、この晴助、いささか考え違いをしておりました。ともすれば上様をうとんじるような行いがありましたとすれば、平にお許し下さりませ」

「晴助、頭を上げよ。そちが悪いのではない。わしに力がないのが悪いのじゃ。そのために、そちたちに苦労をかけた。わしこそ、わびねばならぬ」

「ははッ、もったいなきお言葉」

「じゃが、わしの言い分が通るかはわからぬ。その時は許せ」

義氏は切れ長の目に笑いを漂わせた。晴助もさばさばした表情で口元をほころばせた。

しばらくして瑞雲院周興と北条氏照が部屋にもどってきた。氏照はいささか不満そうな顔をしている。周興は氏照の様子など眼中にないという風情を漂わせている。晴助は居ずまいを正した。周興はおだやかに話し始めた。

「上様、舟役の件は上様のご意向に沿って、今までどおり簗田殿にお任せ致すこととし、その半分を北条家に献上するということでいかがでござりましょうか」

「わしは構わん。簗田はどうじゃ」

「ははッ、仰せのとおりに致しまする」

晴助はほっとした表情になる。半分ならば上出来だ。

「氏照、そちはどうじゃ」

「ははッ、異存ござりませぬ」

氏照は軽く頭を下げたが、顔には憤まんやるかたないといった色がにじみでていた。

「簗田、本日はご苦労であった。下がってよい」

簗田晴助は深々と一礼すると退室した。

「上様、拙者も失礼させて頂きまする」

北条氏照は一礼して、憮然とした表情で部屋を出ていった。

二人がいなくなると、義氏は周興に話しかけた。

「周興、どんな手を使ったのじゃ」

周興はにやりとして語り出した。

「特別に策を用いたわけではございませぬ。道理を説いただけでございまする。このまま舟役を北条が手に入れたとしても、舟や河岸で働く者どもがすんなり受け入れるとは思えない。回漕問屋などの協力も得られず、関銭の徴収がとどこおるのは必至だと申しました。そうなれば、北条の得るところは少なくなる。それよりも今までどおり簗田殿に任せて半分もらった方が得だと説き伏せました」

「で、氏照は納得したと」

「それが、すぐには納得しませんでした。七割は欲しいと言ってきたのです」

「まったく欲深い奴じゃの」

義氏はあきれた顔をする。

「拙者は申しました。北条のためを思って言っているのに、そんなことを言うなら拙者は奏者番をやめさせてもらうと申しました」

「それでは、おどしではないか。氏照も周興にやめられては困るからな」

「それで氏照殿もしぶしぶ認めたというわけです」

「周興、わしもおぬしを誤解していたようじゃ。おぬしは北条だけのために動くと思っていたが」

「この周興、古河公方家に来て長い年月がたちました。公方家の色に染まるのも自然の成り行きでござりましょう」

「さようであるか」

低くなった日輪の光が障子を通して部屋の奥にまで差し込んでいた。二人はおだやかな日の光を楽しむように、いつまでも障子に目を向けていた。これより二年後、瑞雲院周興はこの世を去った。

4

そのころ里見氏は上総をほぼ制圧し、下総西部へも進出していた。北条氏は三船山合戦で里見氏に惨敗を喫して後退を余儀なくされていたが、関宿城を手中に収めたのを機にじわじわと上総に進出した。

天正三年（一五七五）、北条氏は下総の船橋、佐倉を経て、上総東部の両酒井氏を攻撃した。

さらに茂原まで南下し、里見氏に圧力をかけた。また、翌天正四年には武総の内海（現・東京湾）で北条水軍は里見水軍を圧倒するまでになった。里見氏は上杉謙信に出陣を要請したが、謙信は北陸方面にかかりきりであり、もはや上杉謙信の越山は期待できなくなった。

天正五年十二月、里見氏は北条氏と和睦した。和睦といっても里見義弘から望んだもので事実上の屈服であり、里見氏は上総半国を失うことになった。

久留里城の本曲輪にある桜はすでに散り、すっかり葉桜になっていた。茜は本曲輪からすこし下ったところにある小さな曲輪にいた。ここからは眼下に小高い山々に囲まれた平地が広がっているのが見えた。茜は夫である里見義弘の看病に疲れると、ここに足を運んだ。おだやかな風景を見ると、いくぶん気が晴れた。

里見義弘は昨年末の北条氏との和睦以来、失意のためにだんだん元気がなくなっていった。今年の三月、上杉謙信の訃報に接するとめっきり衰え、病の床に臥せってしまった。がっしりしていた体はやせ細り、ほおがこけてしまい、昔日の面影はない。

茜は久留里城に来たときのことを思い出していた。典型的な山城である久留里城への道はけわしく、その坂の途中で里見義弘に初めて出会ったのだった。会ったとたんに毛嫌いした義弘とまさか夫婦《めおと》になろうとは思ってもみなかった。あからさまに嫌悪の色をにじませた自分に思いをはせて、茜は笑いをもらした。あの頃はずいぶんわがままだった。義弘や兄たちを困らせたことを茜はなつかしく思った。茜はひとつため息をつくと、本曲輪への道を上っていった。

本曲輪の常御殿の寝所には里見義弘が臥せっていた。北条氏の攻勢に押されるかたちで、義弘は佐貫城から東に四里（約十六キロメートル）の久留里城に移っていた。佐貫城へは重臣の加藤伊賀守が入った。

眠っていた義弘は茜がもどった気配を感じたのか、目をさました。以前は勝気そうだったまなざしは弱々しいものに変わっていた。

「茜……」

つぶやくような義弘の声を聞きとろうと茜は顔を近づけた。

「何でしょう、御前さま」

「なるべく早く佐貫城の加藤伊賀守を呼んでもらいたい。わしの死んだ後のことを話しておきたい」

「相変わらず、お気の弱いことですこと」

茜は義弘を元気づけるために、あえてきつい言葉をかけた。義弘は口元に苦笑をうかべた。

「その弱気が今の体たらくを招いたのかもしれぬの」

「何をおっしゃいます、御前さまはよくがんばりましたですよ。運に恵まれなかっただけ。ご安心くだされ、伊賀守にはすぐに使いを出します」

「さようか、茜、いつも済まぬのお」

義弘は再び眠りについた。

翌日の昼過ぎ、加藤伊賀守は久留里城に到着した。久留里城は〝雨城〟と呼ばれるほど雨の多いところで、その日もあいにくの雨だった。

加藤伊賀守はすぐに里見義弘の臥せっているかたわらに控えた。すでに茜が八歳になる息子の梅王丸を連れてすわっていた。

「お館さま、加藤伊賀守、ただいま参上いたしました」

その声に里見義弘は目をあけ、伊賀守に視線を向けた。

「伊賀守、雨の中、ご苦労であった。いささか難儀したであろう」

「ははッ」

伊賀守は実直そうな四角い顔をうつむけて、かしこまった。部屋の中にも雨の音が聞こえていた。

「さっそくじゃが、世継ぎは梅王丸にしたいと思う」

義弘はそう言って、茜と梅王丸を交互に見た。

「御前さま……」

茜は義弘の意外なことばに大きな目を見開いた。里見家の世継ぎはすでに長男の義継と決まっていた。義継は義弘の先妻である青岳尼の子で二十一歳になっていた。青岳尼は小弓《おゆみ》公方足利義明の娘であった。足利義明は茜の父・古河公方足利晴氏と第一次国府台合戦で戦った仲であり、そういう意味では梅王丸と義継の間には微妙な因縁が存在した。義継から梅王丸への後継の変更は、義弘の茜への純粋な想いから出たものだったが、茜も伊賀守も漠然とした不安をいだいた。

「それから、伊賀守には梅王丸の後見役になってもらいたい。頼んだぞ」

「ははッ」

義弘は安堵したのか、呆けたように表情をゆるませた。

それから一ヶ月後、里見義弘は病死した。危惧されたとおり、後継問題が再燃した。安房に庇護されている小弓公方系の末裔たちを巻き込んでの内紛に発展し、最後は義継が梅王丸を追放するかたちで幕を閉じることになるのだが、このことがさらなる里見氏の弱体化を招くことになった。

四方に広がる野原を風が吹き抜けていく。空はどんよりとして日差しは薄かった。はるか前方には、野原より六間（約十メートル）ほど低くなったところを大きな川が流れている。広い河原を二筋に分かれた流れが中洲をつくったり、ゆるやかな曲線を描いたりして、変化に富んだ風景を見せている。日光山系を源とする鬼怒川である。その左岸、川の方を向いておびただしい数の騎馬武者や従者、足軽が展開し、じっと前方をにらんでいる。様々な意匠の旗が風にはためいていた。

里見義弘が上総久留里城で病死してほどなく、その二十五里（約百キロメートル）北では、一触即発の事態が進行しつつあった。

天正六年（一五七八）五月末、佐竹氏を中心とする反北条連合軍は結城城の東一里（約四キロメートル）にある鬼怒川の対岸に広がる小河の原（現・茨城県筑西市）に集結した。その数は七千騎にものぼり、結城、那須、宇都宮氏をはじめ、太田三楽斎・真壁氏などの常陸勢、宇都宮氏傘下の下野勢、結城氏傘下の水谷・山川の下総勢など、常陸の小田氏や下野の壬生・皆川・佐野氏を除く常陸・下野の諸氏がほぼ総動員されたといっていい。その上、結城・宇都宮領内の村々に「十六歳から六十歳ぐらいまでの男子」に戦闘に参加するよう呼びかけていた。それだけ北条氏との戦いに決死の覚悟で臨んでいたのである。

それから半時（約一時間）ほどが経っただろうか。鬼怒川の対岸の佐竹方から見て右側、北の方角にはこんもりとした森があるが、南の方は開けている。そこへ上から黄・青・赤・白・黒の「五色段々」と呼ばれる縦長の旗をかかげた軍勢が現れた。北条軍だ。みるみるうちに軍勢は数を増していった。その数は五千騎といわれた。

佐竹氏を中心とする反北条連合軍と北条軍は鬼怒川をはさんでにらみあった。

「いよいよですな、お館さま」

水谷政村は馬上からかぶとの下の重瞳の目を光らせながら、隣にいる結城晴朝に話しかけた。

家臣たちの前なので「副帥殿」という言い方はしなかった。

結城晴朝はふくぶくしい顔に緊張の色を漂わせながら黙ってうなずいた。

長年にわたり結城氏は古河公方に忠実に従い、公方を支えていることに誇りを感じてきた。北条氏の力が古河公方に及んでからも、多くの諸氏が公方方から離反しても、結城氏は古河公方を見限ることはなかった。そして、古河公方を介して北条氏ともよしみを通じていたのである。だが、七年前に北条氏康が死去すると、跡を継いだ氏政は結城氏への圧力を強め、あろうことか結城氏の所領を没収しようと動き出した。

これには、さすがに結城晴朝といえども激怒した。

「北条氏政め、なんと忠と不忠を知らぬ男か。目の前の利ばかりを追って、道理をわきまえぬにもほどがある。結城家が代々公方様に忠誠を尽くしてきたことを忘れたのか。もう、がまんがならぬ。もはや、これまでじゃ」

こうして結城晴朝は佐竹義重と結んで北条氏と敵対する道を選んだのである。結城晴朝は傘下の水谷・山川・多賀谷氏と協議して賛同を得た。

ちょうど一年前の天正五年（一五七七）四月に、常陸太田の佐竹氏のもとへ水谷政村が使者として派遣された。水谷政村は五十三歳になっていた。

水谷政村の居城・久下田から常陸太田へは十八里（約七十二キロメートル）ほどあり、急いでも丸二日かかる。水谷政村は従者二人を連れて水戸までほぼ東へ向かい、水戸から北上して常陸太田をめざした。なるべく人目につかないようにするお忍びの旅だった。政村は妻を失くしてから剃髪していたので、僧侶に身をやつして旅をつづけた。

久下田を出て二日後の夕刻、ようやく常陸太田の佐竹氏の館に到着した。その日は歓迎の宴が開かれ、大事な用件は翌日に持ち越された。

翌朝、水谷政村は主殿の広間に通された。しばらく待たされた後、佐竹義重が三十を過ぎた武士を伴って部屋に入ってきた。

佐竹義重は上座にすわり、いっしょに部屋に入ってきた武士は義重からすこし離れた右側に横を向いてすわった。

「水谷殿、よう参られた。昨夜はよくお休みになれましたかな」

義重のゆったりとした声に、水谷政村は顔を上げて義重を見た。

「はい、おかげさまでゆるりと休めました」

佐竹義重はちょうど三十歳になっていた。年齢の割には落ち着いていて、おおらかな印象だった。水谷政村はかたわらにすわっている三十過ぎのやせ型の武士に重瞳の目を向けた。政村のややいぶかしそうな視線に武士はとまどいの表情を見せ、義重に目を向けた。

佐竹義重はそれに気づいて、口元に笑みをうかべながら政村に話しかけた。

「ああ、こちらは宇都宮広綱殿でござる」

「宇都宮広綱でござる。以後、お見知りおきを」

宇都宮広綱はほっとしたように水谷政村に頭を下げた。政村もあいさつを返した。宇都宮広綱の顔はいくぶん青白く、細い目を神経質そうにしばたたくくせがある。二人とも水谷政村とは親子ほどの歳の開きがあるためか、広綱はよけいに居心地が悪そうだった。そこへいくと佐竹義重はまったく動ずる気配はなく、政村にはこれから結城家がたよりにしようとするのに頼もしい存在に思えた。また、宇都宮氏も佐竹氏とは深いきずなで結ばれているので、決してないがしろにはできないのも事実なのである。宇都宮広綱にはいちど追われた宇都宮城を佐竹氏の力によって回復したという恩義があった。

「こたび参上いたしましたのは、わが結城家と佐竹殿・宇都宮殿との同盟を結ぶべく、わがあるじ結城晴朝より使者として送られたからでござります。ご存知と思われますが近年、北条の輩《やから》がわが結城家を没収しようとたくらんでおり、それに対抗するにはぜひとも佐竹殿のお力をお貸し願うしか策はないと結城家一同、合意に達したわけでござります」

政村は堂々と口上を述べた。決して卑屈にならない潔さがにじみ出ていた。

佐竹義重は黙って聞いていた。おだやかな表情は相変わらずだし、まじめな態度で接しているのもわかった。だが、何も語らなかった。政村もまっすぐ義重に目を向けて、それ以上ことばを発しなかった。

しびれを切らしたように宇都宮広綱が口を開いた。

「ですが、結城殿はいちども変わることなく、北条方についておられましたな。こたび突然、われらに味方すると言われても……」

水谷政村は表情をこわばらせた。

「われら結城家はいちどとして北条についたつもりはござらん。結城家は一貫して公方様を支えてきただけでござる。その結城家が公方様を見限らなければならぬ無念、お察しくださりませ」

宇都宮広綱は政村のあまりに強い口調に気おされたように黙ってしまった。

佐竹義重は笑顔を見せて口を開いた。

「水谷殿、それがしとて最初から疑ってはおりませぬ。水谷殿の決意のほどを知りたかっただけでござる。お許しくだされ。すべて承知したと、帰って結城殿に伝えられよ。遠路、ご苦労でござった」

「ははッ、恐悦至極に存じまする」

水谷政村は深々と頭を下げた。

こうして結城氏は佐竹・宇都宮氏と同盟を結び、反北条連合を形成したのである。

七月になると北条氏は結城城に攻め寄せた。落城こそしなかったものの数百人が討ち取られるなど、結城氏は打撃を受けた。九月には佐竹氏による小山・榎本攻撃が行われたが、これには隣接する結城氏を支援する意味もあった。

その後、結城晴朝は宇都宮広綱の次男を養子に迎えたり、娘を佐竹氏傘下の江戸重通に嫁《とつ》がせるなど、佐竹氏・宇都宮氏とのきずなをいっそう深めていった。

佐竹・結城氏などの反北条連合軍と北条軍が鬼怒川をはさんでにらみ合ったまま半時（約一時間）が過ぎた。どんよりとした空はさらに雲行きがあやしくなり、吹いてくる風も湿気をおびてきた。

反北条連合の七千に対し、北条軍は五千で数では劣っているため、人を人とも思わない北条氏政といえども、容易に攻めてはこなかった。

反北条連合軍の大将である佐竹義重は落ち着いていた。かぶとをかぶりよろいを身にまとい、馬上から前方を注視していた。そのまなざしには芯の強さがうかがえた。しばらくして敵が動かぬと見ると、かぶとを脱いで従者に渡し馬を下り、幔幕の張られた本陣の中へ姿を消した。

それを見ていた水谷政村は結城晴朝に話しかけた。

「これは持久戦になりそうですな」

「うむ、がまん比べじゃ。佐竹殿は辛抱強いお方ゆえ、われらに勝機は十分ある」

結城晴朝は馬上から大きな目を前方の敵に向けたまま力強く言った。

夕暮れが近いのか、早くもあたりは薄暗くなりつつあった。双方にまったく動きはなかった。

北条氏はこの戦に負けても再び攻めてくることができる。佐竹氏や宇都宮氏にしても、本拠地に帰って陣容を立て直すことができる。それに対して、結城氏はこの戦に負ければ、確実に城を失うことになる。太田三楽斎や小山氏のように佐竹氏の客将として生きるしか道はなくなるのだ。

結城晴朝の結城の地への愛着はことさら強かった。先祖代々の地を手放すのは、名門としての誇りが許さない。水谷政村にしても思いは同じであった。確かに飛ぶ鳥を落とす勢いの北条軍は手強い敵である。だが、この地を死守するためには、何としてもこの戦に勝たなければならない。

馬上から前方の敵を注視する結城晴朝や水谷政村をはじめ結城勢には悲愴感が漂っていた。

終章　旅立ち

1

時代の潮目は明らかに変わりつつあった。天正十年（一五八二）、京では本能寺の変がおこり、織田信長は明智光秀によって討たれた。明智光秀に勝利した豊臣秀吉は信長の夢を受け継ぎ、着々と全国統一へ向けて突き進んだ。また、この年には武田氏が滅亡した。

それよりすこし前、鬼怒川をはさんで対峙した北条軍と反北条連合軍との小河の原合戦はどうなったのだろうか。佐竹氏を中心に結城氏・宇都宮氏・那須氏などが結集した反北条連合軍は結束を強め、北条軍とにらみあったまま二ヶ月ほどが経過した。その後、佐竹方が壬生氏攻撃に向かったため、北条方は何の戦果も得られないまま帰陣するしかなかった。結局のところ決着はつかなかったのだが、北関東の諸氏が自分たちの力で北条氏を退けた意義は大きかった。

古河公方家では天正九年（一五八一）に足利義氏の妻・浄光院殿が死去し、その二年後には公方義氏が没した。世継ぎとなる男子がいなかったため、五代にわたり百二十八年間つづいた古河公方家は断絶した。室町幕府が滅んで十年後、関東の頂点に立っていた古河公方も滅亡したのである。後には氏姫が残された。この年、関東は二十年ぶりの大洪水に見舞われ、氏姫は栗橋に避難している。

天正十八年（一五九〇）になると、豊臣秀吉は「関東惣無事《そうぶじ》」に反したとして北条氏の小田原攻めを決行した。これにより北条氏政・氏照兄弟は切腹、氏政の嫡男氏直は助命となり、北条氏は滅亡したのである。それに先立ち、結城晴朝は水谷氏・多賀谷氏とともに秀吉のもとに参陣、佐竹氏・宇都宮氏もこれにならい領地を安堵された。だが、里見氏は「鎌倉御再興御為」という名目をかかげ、あくまで公方権力の再興にこだわったため、上総は里見分国として認めないという秀吉の意向が示された。里見氏は時世の流れを見誤ってしまった。

氏姫は「泉水亭」と名づけられた東屋の近くに立ち、木々の間から見え隠れする沼の水面を見ていた。十六歳になった氏姫は背丈も伸び、すっかり大人びて見えた。髪をうしろで束ね、浅黄色の帷（かたびら）といわれる裏地のない小袖を身にまとっていた。だが、若々しい顔は沈んでいた。切れ長の目には憂いの色がうかんでいた。

氏姫は古河城を出て、鴻之巣御所で暮らしていた。御所の屋敷内は何となく落ち着かない雰囲気が漂っていた。北条が滅んだ今、北条家から来た女房たちや御連判衆《れんばん》などは、これから先どうなるか不安にかられていたのだ。そんな空気を嫌って、氏姫は庭に出てきた。

「姫さま、この暑いのに外にお出になられては、お体にさわりますよ」

うしろから声がして、氏姫はふりむいた。尼のかっこうをした御局《おつぼね》の妙蓮尼《みょうれんに》が立っていた。

「れん、いつまでも子どもあつかいするのはやめてくれぬか。わらわはもう大人じゃ」

氏姫は不満そうに顔をしかめた。妙蓮尼は知性の感じられる目をふとなごませた。

「それでは大人としての話をしとう存じます。どうぞ、お部屋の方へ」

妙蓮尼は氏姫に向かってかるくおじぎをすると、屋敷の方へと歩いていった。氏姫はまぶしそうに夏の空を見上げてから、気を取り直すように歩き出した。

氏姫が昼御座所と呼ばれる部屋にもどると、すでに妙蓮尼がすわって待っていた。鴻之巣御所は沼に突き出た半島状の高台につくられており、三方を沼に囲まれ、大手門のある一方は土塁と堀で守られている。常御殿、主殿、台所といった建物が外廊下で結ばれていた。そのほかに厩、御雑色や中間《ちゅうげん》の詰所などがあった。常御殿は初代古河公方成氏が建てたといわれ、京の東山山荘を模したものと伝えられていた。

「さっそくではござりますが、姫さまはこれから先どうしたらいいとお考えでしょうか」

妙蓮尼は真剣な表情で問いかけた。

「どうしたらいいかと言われても、わらわにはわからぬ」

氏姫は小さな声で答えた。妙蓮尼は居ずまいを正して、すこしきびしすぎるくらいの口調で言った。

「そのようなことでは困ります。これからは北条から来た者どもはあてになりません。連判衆とて同じです。姫さま自らお考えにならなければなりません」

　御連判衆というのは各種文書を発給する役割をもつ者たちで、必ず二人以上の連署が必要なためそう呼ばれた。実質上の政策決定の権限が、公方義氏の手を離れて、北条氏から送り込まれてきた御連判衆に移ったことを意味した。ちなみに御局というのは、御所に仕える女房衆の頂点に立つ存在であった。

「そう言われても何から考えていいのかわからぬ」

「それでは人が生きていくには何が必要でしょう」

　氏姫は考える風なようすで首をかしげた。

「そうじゃなあ、まず食べることじゃな。着物もいるであろう。ということは領地がなければならぬ」

「さすが、姫さま。飲み込みが早うござりまするな」

　妙蓮尼はすこし大げさに驚いてみせる。

「そこでです。豊臣秀吉公にお願いに上がろうかと存じます」

「れん、そちが行くのか」

　氏姫は意外そうな顔をする。

「はい」

妙蓮尼は自信たっぷりに言い切る。

「失礼つかまつりまする。野田弘朝にござりまする」

障子の外から声がした。

「弘朝殿か、遠慮はいらぬ。入られよ」

妙蓮尼が声をかける。

障子があいて野田弘朝が姿を現し、座敷に入ったところで平伏する。もう一人若い武士が入ってきて同じように平伏する。

「苦しゅうない、近う寄れ」

氏姫は二人に言う。野田弘朝らは氏姫たちのそばまで来てかしこまる。

「これは、それがしの嫡男の三郎にござりまする」

弘朝が若い武士を紹介する。野田三郎はやや小柄で、精悍そうな顔つきをしており、目に力があった。面長なところは父親ゆずりであろう。

「野田三郎にござりまする。以後、お見知りおきを」

三郎は一礼する。つづいて弘朝が口をひらく。

「ひとつお願いがござりまする。嫡男の三郎を氏姫様のおそばで使って頂きとう存じます」

「それは頼もしい。ねえ、姫さま。そうじゃ、こたびの秀吉様へのお願いにもご同行願いましょう」

　妙蓮尼はほほえみながら氏姫に話しかけた。

「というと知行《ちぎょう》安堵の件でござりまするか」

　野田三郎は察しよく言った。

「さよう、もう北条衆はあてにできませぬゆえ」

「さすれば、拙者から鳳桐寺の住職にも話しておきましょう。誰か弁の立つ者がいた方がよろしいでしょう。生ぐさ坊主でも坊主に変わりはありませぬからな」

　野田弘朝は長い顔をほころばせる。

「鳳桐寺の住職も弘朝殿にかかってはかないませぬな」

　妙蓮尼がまぜ返すと、野田弘朝は豪快な笑いを爆発させた。氏姫も頼もしい味方を得て、久々に楽しそうな笑顔を見せた。

　二日後、御局の妙蓮尼は鳳桐寺の住職、野田三郎、従者二人をともない知行安堵を願い出るため、秀吉のもとへ旅立った。そして、秀吉から「姫君様御堪忍分の儀」を約束する返答を得た。「堪忍」とは武家の遺族などに給付する禄のことである。これにより氏姫周辺はひとまず安心を得た。

　九月二十日には正式な知行安堵が決定し、「古河之姫君」の「知行方」として三百三十二石が認められた。

再び鴻之巣御所の昼御座所に氏姫、妙蓮尼、野田弘朝・三郎父子の四人が顔をならべた。

「これで姫さまもご安心でござりましょう」

野田弘朝が話を向ける。

「ほんにめでたいことじゃ。れん、こたびはご苦労であった」

氏姫も素直に喜びの表情を見せる。妙蓮尼はかるく頭を下げる。

「それに三郎殿もご苦労さまでした。どれだけ心強かったことか」

「いいえ、それがしなど……」

野田三郎はけんそんしたが、まんざらでもない様子で口元をゆるめた。

「されど、いささか少のうござりまするな。今までのように、すべての者を養うことはできますまい」

野田弘朝は長い顔をうつむけて懸念を口にする。

「どうしたものであろうか。むずかしい……」

妙蓮尼は思案顔になる。

「拙者におまかせ頂けますかな。いや、是非とも拙者におまかせ下され」

弘朝は前かがみになって言い張った。

「弘朝殿、何か策でも」

「策も何も、拙者にとっては千載一遇の好機とでも申しましょうか」

そう言って弘朝はにやりとした。氏姫と妙蓮尼はいまひとつ意味がわからず顔を見合わせたが、そこまで言うのであれば弘朝にすべて任せるということになった。

翌日、野田弘朝は北条から来た御連判衆、女房どもを主殿の大広間に集めた。五十人ちかくが不安そうに野田弘朝を見ていた。弘朝は秀吉から氏姫の分として知行安堵が認められたこと、しかし全員は養えないことを伝えた後、こう宣言した。

「というわけで、北条から来た方々は明日、ここを去って頂きたい」

一同のあいだにどよめきが広がり、とりわけ最前列にいる御連判衆の中心である芳春院昌寿の苦り切った顔が印象的だった。

「そんな、ご無体な。明日にでも出ていけとはあまりにも急すぎまする」

女房のわけぎが甲高い声で訴える。ふだん白い顔はまっ青になっている。

「そうよの、確かにひどい話じゃ。じゃが、拙者は栗橋城を出るとき、氏照殿にそう言われたのじゃ。拙者はそこまで無慈悲ではないゆえ、五日の猶予をあたえる。以上でござる」

野田弘朝は勝ち誇ったような表情になって話をしめくくった。

2

簗田晴助は屋敷の自室で書を読んでいた。晴助は隠居の身である。六十七歳になる晴助は老い先は長くはなく、財を取りくずしながら細々と暮らしていた。屋敷といっても部屋は二つしかなく、他には台所と使用人の休む部屋があるだけだった。敷地内には住み込みで働く使用人の小屋があった。妻は二年前に他界し、今はひとり暮らしだ。住み込みの使用人のほか通いの使用人が一人いるだけで、まかないの老女とその娘が食事を作りにくる。

昨年、豊臣秀吉が北条氏を滅亡に追い込み全国統一を果たしたのを機に、簗田氏は舟役を返上し収入源を失った。家臣たちは新たに関宿城主となった松平康元に召しかかえられるか、他家に仕官するかし、農民になった者もいた。中には舟運にかかわった経験を生かして、その方面や商いの道にすすむ者もいた。

嫡男の持助もそのひとりで、持助は以前から興味をもっていた陶磁器を商う店をもった。蓄えていた富を元手に境河岸で商売を始めたわけだ。持助は小七の娘・瀬音と夫婦になった。持助が武士をやめたので、二人の間の障壁が取り除かれたのである。

その日はあたたかな春の日よりで、部屋の障子はあけてあるので心地よい風が入ってくる。

晴助は書を置くと立ち上がって縁《えん》に出てみた。庭に植えられた梅の木はすっかり新緑になっていた。近くにある山吹が黄色い花を咲かせていた。地面に広がる都忘れの紫色の花も咲き始めていた。ここ何年か花を愛でる余裕さえなかった。こうして、おだやかな日々を送れることが、晴助にとってはかけがえのないものに思えた。

昼ちかく、晴助が部屋でなにげなく過ごしていると、縁に使用人の伊作が姿を見せた。

「旦那さま、太田三楽斎というお方がお見えでごぜえますが」

「なに、三楽斎殿が」

晴助は驚いた様子で立ち上がると、急いで玄関へ向かった。

晴助が玄関まで行くと、土間に水色のしころ頭巾をかぶった太田三楽斎がうしろを向いて立っていた。土間の外には従者と思われる武士がいて、三楽斎と何やら言葉をかわしていた。

「三楽斎殿」

晴助が声をかけると、三楽斎は振り向いた。目尻を下げて、口元には薄笑いを浮かべている。暑くもないのに扇をゆっくりと動かしている。長年のくせで、扇が片時も手放せないのだ。

「いやあ、簗田殿、久しぶりですなあ」

気のいい翁という感じで、知将として名をはせた昔日の面影はなかった。

「三楽斎殿、そくさいで何よりです。さあ、中へ」

晴助は伊作に三楽斎の従者に軽い食事を用意するよう命じて、三楽斎を自ら客間に案内した。二人は向かい合ってすわり、天候のことなどを話題にした。

「簗田殿とお会いするのはずいぶん久しぶりでございますな」

三楽斎は感慨深げに言う。

「三度目に関宿城が包囲された際に上野の上杉謙信殿の陣に出向いたときにお会いしたのが最後でしたから、かれこれ十七年になりまするか」

「そんなになりますかな。まさか北条が滅びるとは夢にも思いませなんだ」

「確かに。そう言えば、いつぞや三楽斎殿がお忍びで関宿城に参られたときに忠告を頂きながら、結局のところ城を失ってしまいました」

晴助は当時を思い出しながら静かに語った。

「まあ、過ぎたことを言っても仕方ありますまい。お互いにこうして生きていられるだけついていたと言うべきでしょう」

三楽斎は達観したような表情になって笑った。

「ところで、今日はどういうわけでこちらへ」

「そうそう、それを言っておりませんでしたな。歳をとると物忘れがひどくなりましてな。わしもう七十じゃ、お許しくだされ。実は岩付をいちど訪ねてみようと思いましてな。北条と対立していたときは、とても岩付へ行くなど考えられませんでしたが、こうして平穏な世になった今、やっと長年の思いがかなうことになり申した。秀吉殿というのは大したお方じゃ」

「秀吉殿といえば古河公方家の再興という粋な計らいをして頂き、拙者も安堵しているところでござりまする」

「確か、姫君がいらっしゃいましたな。姫君も喜連川《きつれがわ》に行かれたのですかな」

三楽斎に問われて、晴助は困ったような顔をして言いよどんだ。

「それが……、氏姫様は喜連川へは行かず、古河の鴻之巣御所にとどまっておられます。気位の高いお方ですから、草深い地へ行くのは気がすすまぬのでしょう」

三楽斎は神妙な顔つきをしてうなずいた。

氏姫は、里見氏に庇護されていた小弓公方の末裔・足利国朝と夫婦になった。古河公方という由緒正しき名門が絶えてしまうのは忍びないという秀吉の計らいで、足利家は下野・喜連川(現・栃木県さくら市)に五千石をもって再興された。足利氏は誰の家臣でもないので、石高はすくないものの破格のあつかいを受けた。十万石級の大名と同等ともいわれた。喜連川足利家は明治維新まで存続することになる。

「さて、先を急ぎますのでこれでおいとま致しとう存ずる」

「境河岸の船着場までお送りしましょう。拙者も久しぶりに関宿城を見てみとうなりました」

晴助のいる水海というところは沼が多く、東に南北に細長い長井戸沼、西に大山沼などがあった。簗田氏の水海城はそうした湿地帯に守られた天然の要害だったが、このたび破却が決まり建物はすべて取りこわされてしまった。

晴助と三楽斎は境河岸の手前まで来ると堤にのぼった。まだ伸びきらない丈の低い草におおわれた堤からは、眼下に常陸川の流れが見渡せた。すこし上流で逆川が分かれ、その先に関宿城の二層櫓が見えた。

晴助と三楽斎は堤の上に腰をおろした。従者はすこし離れて、片ひざついて控えた。二人は雄大な眺めを楽しむかのように、しばし沈黙した。やわらかい春の日差しは眠気を誘うように二人に注いでいた。

「城を眺めていると、いろいろなことを思い出しますなあ。不思議と頭に浮かぶのはいいことばかりです」

晴助は眼前の景色に視線を向けたまま感慨深げだった。

「人というのは実に都合よくできているものじゃ。ま、そうでなくてはとてもやってられるものではないが」

三楽斎はすこし皮肉まじりにつぶやいた。

「三楽斎殿らしいお考えですな。ところで、秀吉殿というのはどのような風貌のお方なのですかな。口さがない噂も耳にいたしますが……。三楽斎殿は小田原に出向かれて、秀吉殿にお会いになられたのでしょう？」

晴助の問いに三楽斎の返事はなかった。晴助は横を向いて三楽斎を見た。三楽斎はあぐらをかいたまま、頭《こうべ》をたれて眠っているようだった。晴助は視線をなごませ、ほおをゆるめた。

だが、何となく異変を感じた。

「三楽斎殿」

晴助は三楽斎の肩をゆすぶったが、三楽斎はそのまま横に倒れた。晴助は三楽斎を抱きおこした。三楽斎の目は閉じられ、口はすこし開かれていたが息はしていなかった。いい夢を見ているようなおだやかな顔をしていた。

「すでに旅立たれた……」

晴助は三楽斎の肩を両手でしっかり支え、岩付の方角に顔を向けてやった。

「三楽斎殿、もうじきですぞ。岩付にお帰りなされ」

ちょうど眼下の川を一艘の舟が下っていった。

「堤の上にいたのは前のご領主さまじゃなかったかな」

舟のうしろで棹を操っていた流治は、舳先にいる父の小七に声をかけた。

「確かに前のご領主さまだった。そくさいなご様子で何よりだ」

小七は舟がすすんでいく前方を見つめたまま応じた。

「いっしょにいたのは誰だろう」

「さて、水色の頭巾とはめずらしい。昔のお味方だった人でも訪ねて来なさったのかもしれねえな」

「肩なんか抱いて仲がよさそうだったな」

春の日差しはあたたかく、顔にあたる風も気持ちがよかった。流治は手を休めて周囲を見渡した。舟の後方が岸に近づきすぎて、小七はあやうく体の平衡を失いそうになった。

「ばかやろう！　流治、よそ見をするんじゃねえ。川をなめると、痛い目に合うぞ」

小七は思わず流治を叱責した。

「わかったよ、いまからだとどっちみち今夜は木下泊まりというところだべ」

流治は棹をもつ手に力を入れた。舟はすべるように流れを下っていった。


（完）

〈参考文献〉

佐藤　博信「中世東国の支配構造」（思文閣出版）
市村　高男「東国の戦国合戦」（吉川弘文館）
槙島　昭武「関東古戦録（上巻）」久保田順一訳（あかぎ出版）
西ヶ谷恭弘「中世の古河城」（古河市史研究11）
市村　高男「古河公方の権力基盤と領域支配」（古河市史研究11）
二木　謙一「中世武家の作法」（吉川弘文館）
黒田　基樹「図説・太田道灌」（戎光祥出版）
葛生　雄二「戦国時代の河川交通」（境町・町史だより　ふるさとの歴史）
齋藤　慎一「中世を道から読む」（講談社現代新書）
小出　　博「利根川と淀川」（中公新書）
平山　　優「戦国の忍び」（角川新書）
「戦国時代人物事典」（学研）
「戦国合戦大全（上巻）」（学研）

著者略歴

北見輝平（きたみ　てるへい）

昭和29年（1954）北海道美幌町に生まれる。

幼・少年時代を茨城県古河市で過ごす。埼玉県桶川市在住

立教大学文学部ドイツ文学科卒業

著書：「鄙の御所　—古河公方　足利成氏—」（さきたま出版会2019年）

乱《らん》　流《りゅう》　—古河公方家《こがくぼうけ》の落日《らくじつ》—

2023年５月１日　初版第１刷発行

著　　者　北見輝平

発 行 所　株式会社　さきたま出版会

〒336-0022　さいたま市南区白幡３-６-10

電話048-711-8041　振替00150-９-40787

印刷・製本　関東図書株式会社

 ISBN 978-4-87891-489-8 C 0093